KB133699

당신에게   시

그 　　　　　당신에게 　　　　　시
어떤
위로보다

박형준 쓰고 엮다

사흘
SAHEUL

당신은
충분히 위로받을
자격이 있다

삶이 쓸쓸하고 기다리는 사람은 오지 않을 때, 지칠 대로 지쳐서 아무런 희망조차 느끼지 못할 때, 사실은 그 쓸쓸함과 고독 속에서 희망은 싹터 오르게 마련이다. 헤르만 헤세는 말하지 않았는가. "우리 시대를 못 믿게 될수록, 인간이 일그러지고 메말랐다는 생각이 들수록, 나는 그러한 비극을 극복하는 데 그만큼 더 사랑의 마력을 믿는다."

현실이 메마르고 일그러지지 않았다면, 상처 입은 영혼들이 없었다면 시가 쓰여졌을까. 우리는 누구나 상처받은 영혼들. 시는 상처 입은 마음의 흔적이다. 자신이 세상으로부터 상처 입었음을 고백하며 그 상처를 통해 사람들의 영혼을 위로한다. 그래서 사람들 위에 서지 않고 옆에 나란히 서서 자신을 털어놓는 시를 읽으며 우리는 자신을 돌아보게 된다.

외로움에 빠진 코끼리 이야기를 들은 적이 있다. 죽은 동료들의 잔해 더미가 있는 곳으로 돌아와 햇빛에 바랜 뼈들을 숙연히 시켜보나 그 뼈들을 하나하나 뒤석서리며 냄새를 맡는 코끼리 이야기. 우리는 어느 면에서는 이런 코끼리를 닮았다. 코끼리가 동반자의 부재 때문이 아니라 그 부재에 대한 슬픔 때문에 외로움을 느끼듯이 우리는 진실로 자신의 상처 입은 영혼을 어루만져줄 대상을 갖지 못해 고독해진다.

사실 자기 생을 쉽게 정의 내릴 수 있는 사람은 많지 않다. 우리가 살아가는 인생이라는 험난한 시간의 파고 속에서 우리를 지켜줄 '등대의 불빛'은 또렷하지도 않고 잘 보이지도 않는다. 달콤한 커피향 같은 아늑함으로 우리에게 인생을 가르쳐주는 따스한 이야기들은 책장을 덮고 나면 허망할 때가 많다. 왜냐하면 어떤 인간이든 서로에게 속하지 못하는 고독과 소외를 지니고 있기 때문이다. 따라서 단순한 읽을거리로 떨어지지 않을 독특한 내면을 지닌 시들을 읽어봄으로써 우리는 자신의 정체성을 확인할 수 있다.

나는 이 시선집을 묶고 해설하면서, 복잡한 현대 사회 속에서 정체성을 잃기 쉬운 사람들에게 자신과 비슷한 체험을 가진 시와의 감정 교류를 통해 스스로를 돌아볼 기회를 갖게 해주고 싶었다. 우리 곁에서 자신의 상처와 속내를 들려주며 진실로 속을 털어놓고 싶어 하는 시들을 고르고 읽으면서 나 자신도 많은 위로를 받았다. 그리하여 결국엔 내 곁에 오래오래 친구처럼 머무르게 될 시들이 여기 남게 되었다.

시는 우리의 정신이 필요로 하는 숨통 같은 것이다. 숨을 잘 쉬면 육신이 맑아지고, 육신이 맑아지면 숨결이 맑아진다. 우리의 일상 역시 마찬가지라고 할 수 있다.

지금 자신이 처한 상황이 어렵다고 해서 절망에 빠지지 말고, 한 발짝 물러나 시를 통해 삶의 숨소리를 만들어 보길 기대한다. 우리는 이 세계에서 충분히 위로받을 자격이 있다.

2013년 겨울
박형준

차례:

당신은
충분히 위로받을
자격이 있다

눈물 없는 사랑이
어디 있을까

오, 미친 듯이
살고 싶다

삶이란 어둠의 바탕에
돋아나는 별빛 같은 것

내 발자국 밑에서
빛나는 행성

둥글고 환한
꽃 피어나는 소리

눈물 없는

사랑이

어디 있을까

서시 序詩　라이너 마리아 릴케

네가 누구라도, 저녁이 되면

네 눈에 익은 것들로 들어찬 방에서 나와 보라.

먼 곳을 배경으로 너의 집은 마지막 집인 듯 고즈넉하다.

네가 누구라도.

지칠 대로 지쳐, 닳고 닳은 문지방에서

벗어날 줄 모르는 너의 두 눈으로

아주 천천히 너는 한 그루 검은 나무를 일으켜

하늘에다 세운다, 쭉 뻗은 고독한 모습. 그리하여

너는 세계 하나를 만들었으니, 그 세계는 크고,

침묵 속에서 익어가는 한 마디 말과 같다.

그리고 네 의지가 그 세계의 뜻을 파악하면,

너의 두 눈은 그 세계를 살며시 풀어준다……

라이너 마리아 릴케 Rainer Maria Rilke 1875~1926
20세기 최고의 시인이라 일컬어지며 독일 현대시를 완성했다는 평가를 받고 있다.
『말테의 수기』『두이노의 비가』『오르페우스에게 바치는 소네트』 등 뛰어난 많은 작품
을 남겼다.

사랑은
대상이
아니라
방향이다 :

시인은 단호히 저녁은 세계 하나를 만들 시간이라고 말한다. 시인은
당신이 누구라도 저녁이 되면 익숙한 것들로 꽉 찬 방에서 나와 당신
의 집을 먼 곳의 마지막 집처럼 바라보라고 권유한다. 산책길에서 만
나는 나무에 대한 바라보기를 통해 자신의 내면에다가 한 그루 '나무'
를 심으라고 속삭인다. 소유하지 않는 사랑이란 그런 것이다. 우리가
서로를 이기적인 사랑의 대상이 아니라 방향으로 삼을 때, 그 세계는
크게 울린다.

어느 날
애인들은

허수경

    나에게 편지를 썼으나 나는 편지를 받아보지 못하고 내 영
혼은 우는 아이 같은 나를 달랜다 그때 나는 갑자기 나이가
들어 지나간 시간이 어린 무우잎처럼 아리다 그때 내가 기억
하고 있던 모든 별들은 기억을 빠져나가 제 별자리로 올라가
고 하늘은 천천히 별자리를 돌린다 어느 날 애인들은 나에게
편지를 썼으나 나는 편지를 받지 못하고 거리에서 쓰러지고
바람이 불어오는 사이에 귀를 들이민다 그리고

허수경 1964~
시인이자 고고학자. 시집으로 『슬픔만한 거름이 어디 있으랴』 『혼자 가는 먼 집』 『내
영혼은 오래되었으나』 『청동의 시간 감자의 시간』 등이 있고, 장편소설 『모래의 도
시』, 산문집 『길모퉁이의 중국식당』 『모래도시를 찾아서』 등이 있다. 동서문학상 등을
수상했다.

제
별자리로
돌아간
사랑의 밀어들 :

서가에 꽂아둔 낡은 책 속에서 사랑하는 사람에게 썼던 편지를 발견한 적이 있다. 마치 내가 나에게 편지를 쓴 것처럼 아리다. 가슴에 묻어둔 사랑의 밀어들을 나이가 들어 바라보면 기억조차 희미해져 제 별자리로 되돌아간 듯하다. 아마도 어느 누군가도 나에게 그런 편지를 썼으리라. 흐릿한 시간의 별자리에서 천천히 돌고 있는, 어린 무잎처럼 아린 글씨가 빼곡히 들어찬 부치지 못한 편지들…….

더딘 슬픔 황동규

불을 끄고도 어둠 속에 얼마 동안

형광등 형체 희끄무레 남아 있듯이,

눈 그치고 길모퉁이 눈더미가 채 녹지 않고

허물어진 추억의 일부처럼 놓여 있듯이,

봄이 와도 잎 피지 않는 나뭇가지

중력(重力)마저 놓치지 않으려 쓸쓸한 소리 내듯이,

나도 죽고 나서 얼마 동안 숨죽이고

이 세상에 그냥 남아 있을 것 같다.

그대 불 꺼지고 연기 한번 뜬 후

너무 더디게

더디게 가는 봄.

황동규 1938~
시집으로 『삼남에 내리는 눈』 『악어를 조심하라고?』 『몰운대행』 『미시령 큰바람』 등
이 있다. 현대문학상, 이산문학상, 대산문학상, 미당문학상 등을 수상했다.

숨죽이고 이 세상에 남아 있는 것들 :

봄도 더디게 더디게 가는 것임을 비로소 알겠다. 눈뜨면 어젯밤까지 입술을 꼭 다물고 있던 목련이 활짝 피어나 순식간에 저 스스로 봄이 온 듯한데, 아직 겨울의 중력마저 놓치지 않으려 잎 피지 않는 나뭇 가지가 쓸쓸한 소리를 내고 있구나. 죽고 나서도 얼마 동안 숨죽이고 이 세상에 그냥 남아 있는 것들, 그 더딘 발자취가 바로 봄, 봄의 형 체로구나. 그래서 우리의 늙은 부모가 무심결에 내뱉는 '덤의 인생'이 란 말을 함부로 흘려들어서는 안 되는 것이로구나. 우리에겐 아무렇 지 않게 찾아온 봄도, 너무 빨리 피어난 꽃도, 거기에 무언가 지나가 버리는 것을 놓치지 않으려는 사랑의 중력이 작용한다는 사실을…….

내가 사랑하는
사람

정호승

나는 그늘이 없는 사람을 사랑하지 않는다

나는 그늘을 사랑하지 않는 사람을 사랑하지 않는다

나는 한 그루 나무의 그늘이 된 사람을 사랑한다

햇빛도 그늘이 있어야 맑고 눈이 부시다

나무 그늘에 앉아

나뭇잎 사이로 반짝이는 햇살을 바라보면

세상은 그 얼마나 아름다운가

나는 눈물이 없는 사람을 사랑하지 않는다

나는 눈물을 사랑하지 않는 사람을 사랑하지 않는다

나는 한 방울 눈물이 된 사람을 사랑한다

기쁨도 눈물이 없으면 기쁨이 아니다

사랑도 눈물 없는 사랑이 어디 있는가

나무 그늘에 앉아

다른 사람의 눈물을 닦아주는 사람의 모습은

그 얼마나 고요한 아름다움인가

정호승 1950~
시집으로 『슬픔이 기쁨에게』 『서울의 예수』 『새벽편지』 등이 있으며, 산문집 『소년부처』
등이 있다. 소월시문학상, 동서문학상, 정지용문학상, 편운문학상 등을 수상했다.

삶의
그늘을
껴안을 때 :

멋진 연애의 감정이 강렬할수록 사랑과 대립되는 현실은 무가치하게
보인다. 우리가 발붙이고 사는 세계는 온갖 일상의 잔존물로 가득 차
있어 사랑의 투명함을 기대하기 어렵다. 그러나 사랑의 보석인 눈물도
거기에 영혼이 담겨 있지 않다면 무슨 소용이랴! 삶의 그늘을 껴안을
때 그 눈물 속에서 진정 아름다운 사랑의 메아리가 울려 나온다.

조용한 일   김사인

이도 저도 마땅치 않은 저녁

철 이른 낙엽 하나 슬며시 곁에 내린다

그냥 있어볼 길밖에 없는 내 곁에

저도 말없이 그냥 있는다

고맙다

실은 이런 것이 고마운 일이다

김사인 1955~
시집으로 『밤에 쓰는 편지』, 『가만히 좋아하는』 등이 있다. 현대문학상 등을 수상했다.

슬머시
내려와
말없이
그냥 있는 :

가만히 곁에 머물며 내 삶을 시골 툇마루처럼 윤기나게 해주는 사람.
이도 저도 마땅치 않은 저녁엔 꼭 사람이 아니어도 좋다. 무얼 해볼
수도 없는 내 곁에 슬머시 내려와 말없이 그냥 있는 낙엽 한 장이 빛
나고 있으니. 아무도 눈여겨보지 않지만 시인의 툇마루엔 좋아하는
가을과 낙엽이 가만히 내려 슬픔에 윤기를 내고 있구나.

문병 문태준

그대는 엎질러진 물처럼 누워 살았지

나는 보슬비가 다녀갔다고 말했지

나는 제비가 돌아왔다고 말했지

초롱꽃 핀 바깥을 말하려다 나는 그만두었지

그대는 병석에 누워 살았지

그것은 수국(水國)에 사는 일

그대는 잠시 웃었지

나는 자세히 보았지

먹다 흘린 밥알 몇 개를

개미 몇이 와 마저 먹는 것을

나는 어렵게 웃으며 보았지

그대가 나의 손을 놓아주지 않았으므로

그대의 입가에 아주 가까이 온

작은 개미들을 계속 보았지

문태준 1970~
시집으로 『가재미』 『먼 곳』 『그늘의 발달』 『맨발』 『수런거리는 뒤란』 등이 있으며, 산
문집 『느림보 마음』 등이 있다. 동서문학상, 노작문학상, 미당문학상, 소월시문학상
등을 수상했다.

위로의 말
한마디
건네지 못하고 :

애린(愛隣)의 시. 우리는 대개 아픈 사람을 문병 가서 병석에 누워 있는 얼굴을 바라보며 신처럼 몇 마디 위로의 말을 건네고 돌아온다. 환자에게는 아무런 도움이 되지 않는 그런 말이 그에게 얼마나 상처가 될지 우리는 생각하지 못한다. 병석에 오래 누워 있는 사람은 삶의 윤곽이 점차 사라지게 마련이다. 그래서 오랜 병을 앓는 환자를 바라보고 있으면 형체가 불분명한 물을 대하는 것 같다. 시인은 그것을 "수국(水國)에서 사는 일"이라고 표현한다. 처음엔 보슬비가 다녀갔다거나 제비가 돌아왔다는 말로 에둘러 희망을 얘기하지만 끝내 초롱꽃 핀 바깥에 대해서는 입이 떨어지지 않는다. 오래 병석에 누워 있으므로 초롱꽃 핀 바깥의 환한 풍경이 그대에게 죽음을 연상시킬 수 있기 때문이다. 이렇게 제대로 위로의 말 한 마디 건네지 못하지만, 그대의 입술에서 먹다 흘린 밥알 몇 개를 마저 먹고 있는 작은 개미 몇을 바라보는 시선은 어떤 말이나 눈물보다 뜨겁다.

날 바라보는 널,
나도 바라본다

한영옥

슬며시 내밀어주는 네 밀국수 사발에

가라앉은 몇 알갱이 이야기, 건져 먹다가

그릇째 들어 전부 마셔버리고

아까부터 날 바라보는 널, 나도 바라본다

이만하면 오늘 저녁, 잘 저물겠다

저만치 검푸른 산 겹겹한 데서

간혹 불어오는 바람 몇 알갱이에

밀국수 빛깔이 스민다

한영옥 1950~
시집으로 『비천한 빠름이여』 『아늑한 얼굴』 등이 있다. 천상병시상, 한국시인협회상
등을 수상했다.

이젠
돌이키기
힘든
추억의 빛깔 :

지나간 연애를 생각해보면, 그때 그렇게만 말하지 않았어도 될 일을 왜 그런 행동과 말로 끝내고 말았을까 더듬어보게 된다. 생각과는 다르게 튀어나오는 말, 자신도 예상치 못한 행동들, 그런 말과 행동에 놀라고 후회가 일어 연락을 끊고 있다가 전화를 걸어 밥 한 끼 같이 먹으러 들어가던 식당들. 지금 평상에 마주앉은 두 사람, 서로 멀어진 인력을 당기려 야외에 나온 모양이다. 밀국수가 친근한 별미이기에, 그들은 행복했던 시절을 되새기며 다시 새롭게 시작할 수 있을 것이다. 이들에게 밀국수는 사랑이 꽃피던 시절의 음식이기에. 그러나 상대가 슬며시 건네준 밀국수 사발엔 이젠 사랑의 흔적이 되어버릴 몇 알갱이의 이야기만 가라앉아 있다. 그것을 건져 먹다가 그릇째 들어 전부 마셔버리고 "아까부터 날 바라보는 널, 나도 바라본다"는 건, 한 끼의 식사만으로 세상의 모든 이별은 막을 수 없다는 뜻일까. 한 마디 말도 없이 침묵 속에서 진행되는 그들의 식사에 배경이 되어가는 밀국수 빛깔. 이젠 돌이키기 힘든 추억의 빛깔이 될 것이다.

나무딸기 잼 박상수

땅속에 잠자는 애벌레처럼 우린 싸여 있어요 단풍잎은 따뜻하구요 손에 쥐면 손톱이 물들죠 혹, 너무 멀리 온 걸까요? 연기도 보이지 않고 발자국 소리도 없어요 당신이 이끄는 대로 좇아왔지요 단풍나무 구멍 속에는 딸기 잼을 넣어두었구요 우린 맨발을 낙엽에 파묻고 책을 읽어요 머리칼은 이마를 가리고 바람이 잘 익은 냄새를 풍기거든요 마을 쪽에서는 아무도 모르겠지요? 우린 계절이 다 가도록 바스락거리는 소릴 들을 거예요 배가 고프면 잼을 꺼내먹죠 단풍향이 도는 나무딸기 잼.

박상수 1974~
시집으로 『후르츠 캔디 버스』, 『숙녀의 기분』 등이 있고, 평론집 『귀족 예절론』 등이 있다.

당신,
다시
돌아올 거예요 :

단풍나무가 물든 모습을 풍금(楓錦), 즉 단풍잎의 비단이라고 부른다
죠. 아름답습니다, 단풍잎을 손에 쥐면 손톱이 물들 만큼. 그런 당신,
단풍나무 숲 사이로 멀어져갑니다. 그렇지만 다행이에요. 단풍나무
구멍 속에는 우리가 함께 넣어둔 딸기 잼이 있으니. 사랑의 내음이
거기 있으니 당신, 다시 돌아올 거예요. 단풍향이 밴 나무딸기 잼을
먹으러.

꽃사태 이경교

지상의 모든 무게들이 수평을 잃기 전, 다만

햇빛이 한번 반짝하고 빛났다

저 꽃들은 스스로 제 안의 빛을 견디지 못하여

그 광도(光度)를 밖으로 떼밀어 내려는 것

야금야금 어둠 속으로 스며들어 스스로 빛의 적층을 이루던,

빛도 쌓이면 스스로 퇴화한다는 걸 알고 있는지

도대체 누가 그 붉은 암호를 해독했을까

이웃한 잔가지 한번 몸을 떨 때마다

일제히 안쪽의 문을 두드려 보며

더운 열꽃처럼 스스로 제 체온을 덜어내려는

꽃들의 이마 위엔 얼음주머니가 얹혀 있다

체온의 눈금이 떨어질 때마다 연분홍 살 속에 꽂혀 있던

눈빛들은 다시 컴컴한 안으로 되돌아가야 한다

몸을 흔들어 수평을 허무는 꽃들이

어두운 고요 속에 일제히 틀어박힐 때

문을 닫기 전, 다만

햇빛이 한번 반짝하고 빛난다

이경교 1958~
시집으로 「이응평전」, 「꽃이 피는 이유」, 「달의 뼈」 등이 있다.

사랑도 제 안의
사랑을 못 견뎌
타인에게
흘러나왔듯 :

우주에는 암흑물질이 가득하다지요. 빛이 비쳐도 빛나지 않는 별들.
우주나 식물, 사람도 마찬가지 아닌가요. 사랑도 제 안의 사랑을 못
견뎌 타인에게 흘러나왔듯, 꽃도 그렇잖아요. 이미 빛이 있는 거예
요. 사랑도 제 안의 것이 다 흘러나오면 추억이 되어버리죠. 지기 전
한번 반짝 하고 빛나는 햇빛, 그게 연분홍 봄꽃의 짧은 사랑, 영원의
떨림인 게지요.

옥수수 수프를
먹는 아침

이제니

옥수수 수프를 먹는 아침

탁자가 필요하고

이왕이면 둥글고 따뜻한 탁자가 필요하고

의자가 필요하고

이왕이면 둥글고 따뜻한 의자가 필요하고

그릇이 필요하고

이왕이면 둥글고 따뜻한 그릇이 필요하고

누군가가 필요하고

이왕이면 둥글고 따뜻한 누군가가 필요하고

옥수수 알갱이는 노란색

알갱이 알갱이 알갱이 수프 속에 둥둥둥 떠 있고

알갱이마다 생각나는 얼굴 몇 개 죽었고 사라졌고 지워졌고

이제는 없으니까 알갱이를 먹는 겁니다

둥글고 따뜻한 알갱이를 먹는 겁니다

국물도 있어요 국물도 맛있어요

옥수수 알갱이는 노란색

알갱이 알갱이 알갱이 흘리지 마세요 흘리면 슬퍼져요

나는 알갱이처럼 말을 아끼는 사람

지금도 아침이면 아껴야 할 알갱이들의 목록을 수첩에 적는다

어째서 단 한 번도 본 적 없는 알갱이에 대해 이미 알고 있는 걸까

알갱이 알갱이 당신이 알갱이를 볼 수 있는 건

알갱이를 볼 수 있다고 믿기 때문이다

알갱이 알갱이 알갱이 옥수수 알갱이는 노란색

둥글고 따뜻한 알갱이 알갱이 알갱이

어쩌면 언제든 볼 수 있다고 믿고 싶은

조금은 그리운 알갱이 알갱이 알갱이

이제니 1972~
시집으로 『아마도 아프리카』가 있다. 편운문학상을 수상했다.

너의
얼굴이
스친다 :

옥수수 수프 속에 둥둥 떠 있는 알갱이들, 그걸 하나씩 건져 먹을 때
마다 소중한 사람들의 얼굴이 스친다. 이제는 없지만 언제든 볼 수 있
다고 믿고 싶은. 그러니 탁자도, 의자도, 그릇도 둥글고 따뜻해야지.
그 누군가도. 오, 아껴야 할 알갱이들의 목록을 수첩에 적는 아침이
면, 옥수수 수프는 국물까지도 맛있겠다.

내 몸속에 잠든 이 누구신가

김선우

그대가 밀어 올린 꽃줄기 끝에서

그대가 피는 것인데

왜 내가 이다지도 떨리는지

그대가 피어 그대 몸속으로

꽃벌 한 마리 날아든 것인데

왜 내가 이다지도 아득한지

왜 내 몸이 이리도 뜨거운지

그대가 꽃 피는 것이

처음부터 내 일이었다는 듯이.

김선우 1970~
시집으로 『내 몸속에 잠든 이 누구신가』 『내 혀가 입 속에 갇혀 있길 거부한다면』 『도화 아래 잠들다』 등이 있으며, 장편소설 『나는 춤이다』, 산문집 『물 밑에 달이 열릴 때』 『어디 아픈 데 없냐고 당신이 물었다』 등이 있다. 현대문학상, 천상병시상을 수상했다.

죽음과도
같은 열정 :

사람이 동물과 다른 것은 사랑과 죽음을 통해 자신에게 부과된 삶의 문제와 과제를 해결한다는 점이다. 인간과 동물은 에로티시즘의 유무에 따라 구분되며, 에로티시즘은 죽음의 인식을 기초로 성립되었다고 할 수 있다. 즉 동물에게 에로티시즘이 부재한 이유는 바로 죽음에 대한 인식이 없기 때문이다. 프랑스 철학자 바타유는 "에로티시즘, 그것은 죽음까지 파고드는 삶"이라고 정의하기도 했다. 즉 사랑은 죽음을 사는 삶이며, 죽음은 사랑을 사는 삶이라는 것이다. 이 대목에서 나는 '냉정과 열정 사이'라는 소설책 제목이 떠오른다. 열정만으로 이루어진 사랑은 없을 것이다. 삶의 상쾌하고 열띤 충동인 에로스는 얼음처럼 차가운 죽음에 비유될 수 있는, 즉 냉정에 의해 단련되는 것은 아닐까? 정들면 지옥인 것이 삶이고 환한 벼랑이 목숨인 것이 바로 우리의 인생 아닌가. 시인은 지금 꽃이 막 피어나는 모습을 보고 있다. 시인은 꽃이 피는 이유를 다시 찾아온 따스한 봄 때문이 아니라 나무 스스로의 열정 때문이라 여긴다. 열정으로 나무는 개화하는 것이며, 그 결과로 뜨거운 몸인 꽃과 꽃벌의 에로스가 맺어지는 것이다. 그리고 시인은 세계가 몸을 여는 그 순간, 꽃핀 나무의 몸이 자기 몸임을 깨닫는다. 대지의 차가운 죽음 속에서 피어나는 꽃의 개화처럼 우리의 삶도 캄캄한 절망을 딛고 피어나는 것이 아닌가. 사람은 태어나는 순간부터 아이러니하게도 죽음을 환기하며 살아가지만, 중요한 것은 죽음을 삶의 궤도 안에서 어떻게 열정, 즉 에로스로 연결시킬 것인가의 문제다. 당신도 매순간 지리멸렬한 일상 속에서 죽음과도 같은 "내 몸속에 잠든" 열정을 '뜨겁고 아득하게' 발견해보길.

당신의 눈물 김혜순

당신이 나를 스쳐보던 그 시선

그 시선이 멈추었던 그 순간

거기 나 영원히 있고 싶어

물끄러미

물

꾸러미

당신 것인 줄 알았는데

알고 보니 내 것인

물 한 꾸러미

그 속에서 헤엄치고 싶어

잠들면 내 가슴을 헤적이던

물의 나라

그곳으로 잠겨서 가고 싶어

당신 시선의 줄에 매달려 가는

조그만 어항이고 싶어

김혜순 1955~
시집으로 『슬픔치약 거울크림』, 『당신의 첫』, 『나의 우파니샤드 서울』, 『또 다른 별에서』,
『아버지가 세운 허수아비』 등이 있다. 김수영문학상, 현대시작품상, 소월시문학상, 미
당문학상, 대산문학상 등을 수상했다.

내 것도
당신의 것도
아닌 :

그 사람의 시선은 그 사람의 신분이다. 시선은 욕망의 위계로 되어 있다. 누군가를 내려보거나 올려본다는 말 자체가 그렇다. 시선이 낳는 욕망은 타인을 지배하고자 하는 욕망이다. 이 시는 연시의 형태를 통해 시선의 위계를 허물어뜨린다. 똑바로 응시하거나 내려보는 시선이 아닌 스쳐보는 시선이 가장 아름다운 사랑의 언어일 수 있음을 보여준다. 대개의 남자는 자신의 시선 속에서 여자가 길들여져가는 과정을 사랑의 문법이라고 믿는다. "당신이 나를 스쳐보던 그 시선/그 시선이 멈추었던 그 순간"은 이러한 지배적인 시선에서 놓여나 있다. 여자를 똑바로 보지 못하고 흘리는 그 눈가에 매달린 물 한 꾸러미는, 내 것도 당신의 것도 아닌, 나와 당신의 시선이 가장 아름답게 녹아 있는 진실한 형상이기 때문이다.

그리운 시냇가

장석남

내가 반 웃고

당신이 반 웃고

아기 낳으면

돌멩이 같은 아기 낳으면

그 돌멩이 꽃처럼 피어

깊고 아득히 골짜기로 올라가리라

아무도 그곳까지 이르진 못하리라

가끔 시냇물에 붉은 꽃이 섞여내려

마을을 환히 적시리라

사람들, 한잠도 자지 못하리

장석남 1965~
시집으로 『새떼들에게로의 망명』 『지금은 간신히 아무도 그립지 않을 무렵』 『젖은 눈』
등이 있고, 산문집 『물 긷는 소리』 등이 있다. 김수영문학상, 현대문학상을 수상했다.

볼 수는
있지만
이르지 못할
그곳 :

우리가 사는 세계에서 '나'와 '너'는 쉽사리 하나가 되지 못한다. '나'와 '너'가 조각조각 분리된 세계 속에서 시인은 하나가 되고 싶은 갈망을 시냇물에 흘러내려오는 붉은 꽃에 투사한다. 즉 "내가 반 웃고/당신이 반 웃"어서 낳은 아기가 꽃처럼 피어 깊고 아득한 골짜기로 거슬러 올라갔다고 상상하는 것이다. 아무도 그곳에 이르지 못하지만, 이제 우리가 그곳을 보지 못할 이유는 없다. 왜냐하면 '나'와 '너'가 하나가 된 징표로서의 아기의 웃음이 그곳에서 시냇물의 붉은 꽃잎으로 떠내려오고 있기 때문이다. 부재하는 세계에 대한 갈망을 우리는 이제 거꾸로 거슬러간 아기, 즉 '돌멩이 꽃'이란 상상 작용을 통해 생생히 경험할 수 있게 된 것이다.

명왕성에서
온 이메일

장이지

안녕, 여기는 잊혀진 별 명왕성이야.

여기 하늘엔 네가 어릴 때 바닷가에서 주웠던

소라 껍데기가 떠 있어.

거기선 네가 좋아하는 슬픈 노래가

먹치마처럼 밤 푸른빛으로 너울대.

그리고 여기 하늘에선 누군가의 목소리가

날마다 너를 찾아와 안부를 물어.

있잖아, 잘 있어?

너를 기다린다고, 네가 그립다고.

누군가는 너를 다정하다고 하고

누군가는 네가 매정하다고 해.

날마다 하늘 해안 저편엔 콜라병에 담긴

너를 향한 음성 메일들이 밀려와.

여기 하늘엔 스크랩된 네 사진도 있는걸.

너는 낯선 사람들 사이에서 웃고 있어.

그런데 누가 넌지 모르겠어. 누가 너니?

있잖아, 잘 있어?

네가 쓰다 지운 메일들이

오로라를 타고 이곳 하늘을 지나가.

누군가 열없이 너에게 고백하던 날이 지나가.

너의 포옹이 지나가. 겁이 난다는 너의 말이 지나가.

너의 사진이 지나가.

너는 파티용 동물 모자를 쓰고 눈물을 씻고 있더라.

눈밑이 검어져서는 야윈 그늘로 웃고 있더라.

네 웃음에 나는 부레를 잃은 인어처럼 숨 막혀.

이제 네가 누군지 알겠어. 있잖아, 잘 있어?

네가 쓰다 지운 울음 자국들이 오로라로 빛나는,

바보야, 여기는 잊혀진 별 명왕성이야.

장이지 1976~
시집으로 『안국동울음상점』, 『연꽃의 입술』, 『라플란트 우체국』 등이 있고, 평론집 『환대의 공간』 등이 있다.

여전히
너를 향해
사랑 노래를
부르는 :

우리가 행성 대우를 해주지 않지만, 아직도 태양계의 저 바깥에서 떠밀려가지 않으려고 안간힘을 다해 발에 힘주고 있는 별 명왕성. 부모가 버린 자식 같은, 형제들이 버린 막내 같은, 그러나 여전히 너를 향해 사랑 노래를 부르는. 이 아리따운 젊은 시인의 내면에는 아직도 슬픈 궤도를 돌며 우리의 소식을 묻는 잊혀진 별 하나가 찬란하게 떠 있구나.

짝사랑 이윤학

둥근 소나무 도마 위에 꽂혀 있는 칼
두툼한 도마에게도 입이 있었다.
악을 쓰며 조용히 다물고 있는 입
빈틈없는 입의 힘이 칼을 물고 있었다.

생선의 배를 가르고
창자를 꺼내고 오는 칼.
목을 치고 몸을 토막 내고
꼬리를 치고,
지느러미를 다듬고 오는 칼.

그 순간마다 소나무 몸통은
날이 상하지 않도록
칼을 받아주는 것이었다.

토막 난 생선들에게
접시나 쟁반 역할을 하는 도마.

둥글게 파여 품이 되는 도마.

칼에게 모든 걸 맞추려는 도마.

나이테를 잘게 끊어버리는 도마.

일을 마친 생선가게 여자는

세제를 풀어 도마 위를

문질러 닦고 있었다.

칼은 엎어놓은 도마 위에

툭 튀어나온 배를 내놓고

차갑고 뻣뻣하게 누워 있었다.

이윤학 1965~
시집으로 『먼지의 집』 『아픈 곳에 자꾸 손이 간다』 『붉은 열매를 가진 적이 있다』 등
이 있으며, 산문집 『환장』, 소설 『졸망제비꽃』 등이 있다. 김수영문학상, 동국문학상
등을 수상했다.

상처를
피하려 들지
말 것 :

세상이란 칼날은 우리에게 아픔을 주지만, 더러는 그 날이 상하지 않
도록 칼을 받아주는 도마 같은 사람들이 존재한다. 무수히 쏟아져오
는 칼날에게 "둥글게 파여 품이 되는 도마". 이제는 상처를 피하려고
만 들지 않고 오히려 넉넉하게 받아주는 세상을 향한 짝사랑을 해야
겠다. 자신을 희생하지만 남을 먹여 살릴 음식을 만드는 도마 같은 사
랑을.

사이아디의
장미꽃

마르셀린 데보르드 발모르

오늘 아침 당신에게 장미꽃을 갖다 드리고 싶어

꼭 매어진 허리띠에 장미꽃을 따 넣었습니다.

매듭이 너무 죄어서 더 꽂을 수 없을 만큼 많이 땄습니다

그러나 매듭이 탁 터져 장미꽃들은 날아갔습니다.

바람을 타고 바다쪽으로 아주 날아가 버렸습니다.

이제는 다시 돌아오지 않을 겁니다.

파도는 장미꽃으로 붉게 보였습니다. 불이 타오르는 것 같았습니다.

오늘 저녁은 아직도 내 옷에서 장미꽃의 향기가 맴돌고 있습니다.

내게서 나오는 장미꽃의 이 향기로운 추억을 맡아보십시오.

마르셀린 데보르드 발모르 Marceline Desbordes-Valmore 1786~1859
19세기 프랑스의 여류시인. 여성이 갖는 사랑의 비애와 실의의 슬픔을 노래했다. 작품으로 『엘레지와 로망스』 『눈물』 『가없은 꽃』 등이 있다.

당신,
오늘 저녁은
노을을
유심히 보길 :

페르시아의 시인 사아아디에게서 영감을 받아 쓴 시. 친구에게 가져
다주려고 옷자락 가득 장미꽃을 채우고 있었는데, 그만 장미꽃 향기
에 도취되어 옷자락이 손에서 빠져나갔다는 것. 당신, 오늘 저녁은 노
을을 유심히 보길. 그리고 사랑하는 이의 옷에서 향기가 나거든 그가
아침부터 당신을 위해 꽃을 딴 것은 아닌지 잘 살펴봐주길.

마디,
푸른 한 마디

정일근

피릴 만들기 위해 대나무 전부가 필요한 건 아니다

노래가 되기 위해 대나무 마디마디 다 있어야 하는 건 아니다

가장 아름다운 소린 마디 푸른 한 마디면 족하다

내가 당신에게 드리는 사랑의 고백도 마찬가지다

당신을 눈부처로 모신 내 두 눈 보면 알 것이다

고백하기에 두 눈도 바다처럼 넘치는 문장이다

눈물샘에 얼비치는 눈물 흔적만 봐도 다 알 것이다

정일근 1958~
시집으로 『바다가 보이는 교실』 『기다린다는 것에 대하여』 『방』 등이 있다. 소월시문
학상, 영랑시문학상 등을 수상했다.

나의
가장 아름다운
사랑 노래 :

한 사나이가 자신의 눈동자 속에 오로지 한 여자만을 담고 싶어 한다. 그 간절함을 어떻게 전할까. 좋은 선물을 하고 나의 가장 잘난 모습을 자랑한다고 해서 될 일은 아니다. 피리의 노래는 대나무의 푸른 한 마디에서 나왔듯, 나의 가장 좋은 부분을 바쳐야 하리. 나의 가장 아름다운 사랑 노래는 저 낭떠러지에 핀 꽃을 따서 가만히 당신 손에 쥐여드리는 일.

오,

미친 듯이

살고 싶다

카페 마리안느

황인숙

"누군 저 나이에 안 예뻤나!"

스무 살짜리들을 보며 중년들이 입을 모았다

난,

나는 지금 제일 예쁜 거라고 했다

다들 하하 웃었지만

농담 아니다

눈앞이 캄캄하고 앞날이 휘언한

못생긴 내 청춘이었다.

황인숙 1958~
시집으로 『자명한 선택』 『슬픔이 나를 깨운다』 『리스본행 야간열차』 『꽃사과 꽃이 피
었다』 등이 있으며, 산문집 『인숙만필』 『우다다 삼냥이』 등이 있다. 김수영문학상, 동
서문학상을 수상했다.

저물어가는
겨울 저녁
눈雪이
그리우면 :

혜화동의 카페 마리안느에 가보라. 소설가 이제하가 대표인 그 카페에는 독(毒)이라는 뜻을 지닌 푸아종 향수처럼, 펄펄 내리는 눈 향기가 나는 그녀가 앉아 있을지 모른다. "눈앞이 캄캄하고" "못생긴 내 청춘"이라 읊조리는 고양이처럼 근사한 여인이 내리는 눈을 바라보며 기다릴지 모른다.

코코로지 CocoRosie 의 유령

황병승

지금은 거울 속의 수염을 들여다보며 비밀을 가질 시기

지붕 위의 새끼 고양이들은

모두 저마다의 슬픔을 가지고 있다

희고 작은 깨끗한 물고기들이 죽어가는 겨울

얼어붙은 호수의 빙판 위로

부러진 나뭇가지들이 이리저리 뒹굴고

나는 어른으로서 이 시간을 견뎌야 한다 어른으로서

봄이 되면 지붕 위가 조금 시끄러워질 것이고

죽은 물고기들을 닮은 예쁜 꽃들을 볼 수가 있어

봄이 되면 또 나는 비밀을 가진 세상의 여느 아이들처럼

소리치며 공원을 숲길을 달릴 수 있겠지

하지만 보시다시피, 지금은 겨울

주전자의 물 끓는 소리를 들으며 부끄러움을 가질 시기

황병승 1970~
시집으로 『여장남자 시코쿠』, 『트랙과 들판의 별』, 『육체쇼와 전집』 등이 있다. 박인환
문학상, 미당문학상 등을 수상했다.

이 세상에
넘치는 게
슬픔이지만 :

어른들의 슬픔은 신문에서, 방송에서, 회사 사무실에서 떠들어대며 객관화되어야 비로소 '알게 되는' 슬픔이다. 그들은 슬픔을 나누고 곱하고 빼고 더하며 슬픔의 양을 잰다. 거울을 비춰보면 수염이 가득하지만, 시인은 여전히 자신만의 슬픔을 비밀스럽게 간직하려는 어린이다. 어린이들의 슬픔은 유리창을 맑게 닦아내는 세상의 창이다.

방종   체사레 파베세

술 취한 사람의 어깨 너머로 집들이 놀라서 바라본다.
햇살 아래 감히 술에 취해 지나갈 사람은
거의 없다. 술꾼은 평온하게 길을 건넌다.
앞을 가로막는 벽들 속으로 뚫고 지나갈 듯하다.
개라면 그렇게 갈 수 있지만, 개는 이따금 암캐를
만나면 멈춰 서서 신중하게 냄새를 맡는다.
술꾼은 아무도 바라보지 않는다, 여자들마저도.

거리의 사람들은 깜짝 놀라 쳐다보고 웃지도 않는다
취했다고 생각하지 않는다, 눈길로만 그를 뒤쫓는
많은 사람들은 그저 앞을 바라보며
욕을 퍼붓는다. 술꾼이 지나간 뒤
거리는 눈부신 햇살 아래
더욱 느리게 움직인다. 여전히 달려가고 있는
사람은 절대 술 취한 사람은 아니다.
바라보는 사람 없어도 언제나 그 자리에 있는
하늘과 집들을 모호하게 쳐다보는 사람들도 있다.

술꾼은 집도 하늘도 쳐다보지 않는다.

그래도 불안정한 걸음걸이로 하늘의 햇살처럼

뚜렷하게 공간을 가로지른다. 마주치는 사람들은

무엇 때문에 집들이 존재하는지 이해하지 못하고

여자들은 남자들을 바라보지 않는다. 갑자기

쉰 목소리 하나 노래를 터뜨리고, 그 노래가

허공에서 뒤쫓아오면 모두들 두려움을 느낀다.

집집마다 문들이 있지만 들어갈 필요 없다.

술꾼은 노래하지 않고 줄곧 길을 걷는다

유일한 장애물은 허공. 저 너머에

바다가 있는 게 다행이다. 술꾼은

평온한 걸음걸이로 바닷속으로 들어가, 모습은

사라진 채, 여전히 바다 밑바닥에서도 걸어가리라.

밖에는 여전히 햇살이 비치리라.

체사레 파베세 Cesare Pavese 1908~1950
이탈리아 신사실주의 문학을 대표하며 실험적인 작품을 선보였다. 시집으로 『피곤한
노동』, 소설로 『아름다운 여름』 3부작 등이 있다. 그의 대표작으로 평가받는 『레우코
와의 대화』는 2006년 다니엘 위에 감독에 의해 『그들의 이런 만남들』이라는 영화로
만들어져 베니스영화제 특별상을 수상하기도 했다.

예술가는
죽음을 향한
길에서도
삶의 가장 깊은
바다 밑을 꿈꾼다 :

술꾼은, 예술가는, 쉽사리 노래하지 않고 침묵 속에서 몸 전체로 자신을 세계 속에 열어놓는다. 파베세는 "자살은 수줍은 타살이다"라는 말을 남기고 '수줍게' 생을 마감한 이탈리아 시인이다. 그의 번역 시집 『피곤한 노동』은 절판된 지 오래다. 이성복은 그의 시가 죽을 정도로 좋다고 했는데, 도대체 언제 복간될지.

야생사과

나희덕

어떤 영혼들과 얘기를 나누었다
붉은 절벽에서 스며 나온 듯한 그들과

목소리는 바람결 같았고
우리는 나란히 앉아 지는 해를 바라보았다

흘러가는 구름과 풀을 뜯고 있는 말,
모든 그림자가 유난히 길고 선명한 저녁이었다

그들은 붉은 절벽으로 돌아가며
곁에 선 나무에서 야생사과를 따주었다

새가 쪼아먹은 자리마다
까만 개미들이 오글거리며 단물을 빨고 있었다

나는 개미들을 훑어내고 한 입 베어 물었다
달고 시고 쓰디쓴 야생사과를

그들이 사라진 지평선,

내 등 뒤에 서 있는 내가 보였다

바람 소리를 들었을 뿐인데

누군가 건네준 야생사과를 베어 물었을 뿐인데

나희덕 1966~
시집으로 『뿌리에게』 『그 말이 잎을 물들였다』 『사라진 손바닥』 등이 있으며, 시론집
『보랏빛은 어디에』 산문집 『반통의 물』 등이 있다. 김수영문학상, 김달진문학상, 오늘
의젊은예술가상, 소월시문학상 등을 수상했다.

달고 시고 쓰디쓴 과정 :

누군가 건네준 야생사과를 베어 물었을 뿐인데, 나는 갑자기 나를 벗어난 순간과 조우한다. 이름도 얼굴도 없이 나는 여기 있다. 지평선을 향해 앉아 있지만, 나는 나를 바라보고 있는 등 뒤의 나를 본다. 노을이 스미는 야생사과는 쭈글쭈글했을 것이다. 볼이 바람에 팬 얼굴 같았을 것이다. 존재의 깨어남은 언제나 달고 시고 쓰디쓴 과정을 통해 얻어진다.

내 집 천상병

누가 나에게 집을 사주지 않겠는가? 하늘을 우러러 목 터지게 외친다. 들려다오 세계가 끝날 때까지…… 나는 결혼식을 몇 주 전에 마쳤으니 어찌 이렇게 부르짖지 못하겠는가? 천상의 하나님은 미소로 들을 게다. 불란서의 아르튀르 랭보 시인은 영국의 런던에서 짤막한 신문광고를 냈다. 누가 나를 남쪽 나라로 데려가지 않겠는가. 어떤 선장이 이것을 보고, 쾌히 상선에 실어 남쪽 나라로 실어주었다. 그러니 거인처럼 부르짖는다. 집은 보물이다. 전 세계가 허물어져도 내 집은 남겠다……

천상병 1930~1993
가난, 무직, 방탕, 주벽 등으로 많은 일화를 남겼다. 시집으로 「귀천」, 「주막에서」, 「요놈 요놈 요 이쁜 놈」 등이 있다.

우주적인
집의
몽상가 :

생전에 유고시집까지 냈던, 더더구나 어렵게 결혼식을 마친 시인치고는 사자와 같은 기세이다. 집은 인간이 용감하게 우주와 맞서는 데 있어 하나의 도구이니, 집을 사달라는 것은 남쪽 나라로 데려가 달라는 말과 다를 것 없다. 나도 부르짖어볼까나. 누가 내게 집을…… 그래놓고 보니 우주적인 집의 몽상가, 그러나 가난했던 시인의 외침이 쓸쓸하게 귓전에 맴돈다.

칸나   오규원

칸나가 처음 꽃이 핀 날은

신문이 오지 않았다

대신 한 마리 잠자리가 날아와

꽃 위를 맴돌았다

칸나가 꽃대를 더 위로

뽑아올리고 다시

꽃이 핀 날은 아무 일도

일어나지 않고

다음날 오후 소나기가

한동안 퍼부었다

오규원 1941~2007
시를 쓸 때는 그 어떤 수사법도 배제한, 살아 있는 그대로의 이미지를 구현해야 한다
는 '날(生) 이미지'론을 역설한 시인이다. 『왕자가 아닌 한 아이에게』 『가끔은 주목받는
生이고 싶다』 『사랑의 감옥』 『토마토는 붉다 아니 달콤하다』를 비롯한 여러 권의 시
집과 『언어와 삶』 『현대시작법』 등의 이론집을 펴냈다. 현대문학상, 이산문학상, 대한
민국문화예술상 등을 수상하였다.

이제
그가 없는
이승에
시편들만이 있다 :

그의 시편들 위에 맴도는 한 마리 잠자리와 같은 영혼만이 희미해져
가는 그를 추억하게 한다. 벌써 한 차례 소나기가 지나갔는가. 그를
회상하는 동안 그는 칸나처럼 붉디붉다. 마지막 순간 그는 제자의 손
바닥에 시를 적었다고 한다. 죽음의 사신이 눈앞에 육박해오는데도
자신의 시와 대화한 오! 선생님.

창천蒼天 속으로

정현종

세상의 옆구리를 간지르고

간지린 손이 웃듯

아닌 밤중에 문득

폭소(暴笑)의 파도가 출렁거리듯이,

공기(空氣)의 깊은 가슴이 여러

꽃들과 불꽃을 피워내듯이,

광대한 어둔 지층(地層)에

보석(寶石)의 날개와 창(窓)이 열려 있듯이

아 가장 깊은 물건보다도 깊은 슬픔이

가장 깊은 기쁨보다도 깊은 물건에 녹듯이

오 나는 저 숨막히는 뚜껑

창천(蒼天) 속으로

얼마나!

뛰어들려고 했던가

이 땅과 집과 시인을 벗어놓고

언제나 그리로 뛰어드는 불꽃처럼

언제나 그리로 뛰어드는 나무들처럼

(소리도 없이, 오 흔적도 없이)

뛰어들었던가

뛰어들어 숨을 섞는 꼴이 항상

거리를 걸어가고 있었던가

만물의 정신을 가뭇없이! 머금고

만물의 육체를 꿀먹는 벙어리

창천이여, 나의 한숨이여

정현종 1939~
시집으로 「사물의 꿈」 「나는 별 아저씨」 「사랑할 시간이 많지 않다」 「세상의 나무들」
등이 있으며, 산문집 「날자, 우울한 영혼이여」 「생명의 황홀」 등이 있다. 현대문학상,
대산문학상, 미당문학상 등을 수상했다.

깊은
슬픔과
가장 깊은
기쁨 :

정현종의 시는 에테르의 춤이다. 무한천공(無限天空)을 논한다고 해서
절대 근엄한 표정을 짓는 법이 없다. 세상의 옆구리를 간질이다가도
천진하게 간질인 자기 손을 쳐다보며 웃는 어린아이의 장난기로 넘친
다. 존재의 무죄성으로 빛나는 이 순진무구한 춤판. 그러나 저 하늘
의 창공이 이쪽과 똑 떨어진 것은 아니다. 이쪽 현실의 간절함이 투
영된 피안임을 절묘한 역설로 묘파한다. 땅속 깊은 지층에 보석이 숨
겨져 있듯이, 저 창공에도 우리들의 내력과 애정으로 윤이 나는 소중
한 물건처럼 깊은 슬픔과 가장 깊은 기쁨이 날개와 창을 열고 있다.
창천에 뛰어들어 이쪽의 숨을 섞는 시인의 가뭇없는 저 춤! 만물의
정신과 만물의 육체를 소통시키는 무한한 저 한숨!

아욱국　　김선우

아욱을 치대어 빨다가 문득 내가 묻는다
몸속에 이토록 챙챙한 거품의 씨앗을 가진
시푸른 아욱의 육즙 때문에

– 엄마 오르가슴 느껴본 적 있어?
– 오, 가슴이 뭐냐?
아욱을 빨다가 내 가슴이 활짝 벌어진다
언제 아욱을 씨 뿌려 길러 먹기 시작했는지 알 수 없지만
– 으응, 그거! 그, 오, 가슴!
자글자글한 늙은 여자 아욱꽃빛 스민 연분홍으로 웃으시고

나는 아욱을 빠네
시푸르게 넓적한 풀밭 같은 풀잎을
생으로나 그저 데쳐 먹는 게 아니라
이남박에 퍽퍽 치대어 빨아
국 끓여 먹을 줄 안 최초의 손을 생각하네

그 손이 짚어준 저녁의 이마에

가난과 슬픔의 신열이 있었다면

그보다 더 멀리 간 뻘밭까지를 들쳐 업고

저벅저벅 걸어가는 푸르른 관능의 힘,

사랑이 아니라면 오늘이 어떻게 목숨의 벽을 넘겠나

치대지는 아욱 풀잎 온몸으로 푸른 거품

끓이는 걸 바라보네

치댈수록 깊어지는

이글거리는 풀잎의 뼈

오르가슴의 힘으로 한 상 그득한 풀밭을 차리고

슬픔이 커서 등이 넓어진 내 연인과

어린 것들 불러 모아 살진 살점 떠먹이는

아욱국 끓는 저녁이네 오, 가슴 환한.

김선우 1970~
시집으로 『내 몸속에 잠든 이 누구신가』 『내 혀가 입 속에 갇혀 있길 거부한다면』 『도
화 아래 잠들다』 등이 있으며, 장편소설 『나는 춤이다』, 산문집 『물 밑에 달이 열릴
때』 『어디 아픈 데 없냐고 당신이 물었다』 등이 있다. 현대문학상, 천상병시상을 수상
했다.

딸은
'오르가슴'을 묻는데
어머니는
'가슴'을 묻는다 :

모름지기 관능이란 육체의 오르가슴과 상대를 안아줄 따뜻한 '가슴'
이 동시에 필요한 법. 모녀가 아욱국을 끓이기 위해 물에 아욱을 치
대어 빨며 대화를 나누는 모습에서 싱그러움이 느껴진다. 시든 듯 보
이지만 물에 치댈수록 풀잎처럼 싱싱하게 살아나는 아욱은 세계를 낳
고 기르는 어머니의 오, 가슴!

붉은 꽃   장옥관

거짓말할 때 코를 문지르는 사람이 있다. 난생 처음 키스를 하고 난 뒤 딸꾹질하는 여학생도 있다.

비언어적 누설이다.

겹겹 밀봉해도 새어나오는 김치냄새처럼 도무지 잠글 수 없는 것, 몸이 흘리는 말이다.

누이가 쑤셔 박은 농짝 뒤 어둠, 이사할 때 무명천에 핀 검붉은 꽃,
몽정한 아들 팬티를 쪼그리고 앉아 손빨래하는 어머니의 차가운 손등

개꼬리는 맹렬히 흔들리고 있다.

핏물 노을 밭에서 흔들리는

수크령,

대지가 흘리는 비언어적 누설이다.

장옥관 1955~
시집으로 「황금 연못」, 「바퀴소리를 듣는다」, 「하늘 우물」, 「달과 뱀과 짧은 이야기」 등
이 있다. 김달진문학상, 일연문학상 등을 수상했다.

비밀은
일상 속에
있다 :

몸에 신열이 날 것 같다. 아아, 붉은 꽃이 필 것 같다. 숨이 막힐 정도
로 아름답다. 그렇다고 벼락처럼 몸을 태워버리는 시가 아니라 몸속에
서 몇 번이고 먼 창공의 천둥이 연이어 은은하게 울리는 그런 시다. 거
짓말할 때 코를 문지르는 사람과 난생처음 키스를 한 뒤 딸꾹질하는
여학생의 결합부터가 그렇다. 거짓말과 천진스러움을 단 한 번에 낚아
채다니 과연 시인은 일상에서 낚시질을 하는 자로구나. 세계의 비밀은
언제나 일상 속에 있다. 그러니 몽정한 아들의 팬티를 빠는 어머니의
손등 같은 일상과 농짝 뒤 어둠 속에 쑤셔박힌 누이의 무명천에 핀 노
을, 그 붉은 장엄을 어찌 사랑하지 않을 수 있겠나.

4월月은
갈아엎는 달

신동엽

내 고향은
강 언덕에 있었다.
해마다 봄이 오면
피어나는 가난.

지금도
흰 물 내려다보이는 언덕
무너진 토방가선
시퍼런 풀줄기 우그려넣고 있을
아, 죄 없이 눈만 큰 어린것들.

미치고 싶었다.
사월(四月)이 오면
산천(山川)은 껍질을 찢고
속잎은 돋아나는데,
사월이 오면
내 가슴에도 속잎은 돋아나고 있는데,
우리네 조국(祖國)에도
어느 머언 심저(心底), 분명
새로운 속잎은 돋아오고 있는데,

미치고 싶었다.

사월이 오면

곰나루서 피 터진 동학(東學)의 함성,

광화문(光化門)서 목 터진 사월의 승리(勝利)여.

강산(江山)을 덮어, 화창한

진달래는 피어나는데,

출렁이는 네 가슴만 남겨놓고, 갈아엎었으면

이 균스러운 부패와 향락(享樂)의 불야성(不夜城) 갈아엎었으면

갈아엎은 한강연안(漢江沿岸)에다

보리를 뿌리면

비단처럼 물결칠, 아 푸른 보리밭.

강산을 덮어 화창한 진달래는 피어나는데

그날이 오기까지는, 사월은 갈아엎는 달.

그날이 오기까지는, 사월은 일어서는 달.

신동엽 1930~1969
뚜렷한 역사의식을 맑은 감성과 고운 언어에 녹여낸 시인으로, 그의 시 「껍데기는 가라」는 참여시의 절정이라는 찬사를 받고 있다. 시집으로 「삼월」 「밭」 「껍데기는 가라」 「4월은 갈아엎는 달」 등이 있다.

미치고
싶도록
꿈꾸었던 :

남산의 학부 시절, 4월이 오면 소주 한 병을 꿰차고 남산의 숲으로 스며들곤 했다. 젊음의 치기와 분노와 서러움으로 헝클어진 심사를, 소주 한 모금을 마시고 미칠 듯이 환하게 피어난 진달래 한 잎으로 안주를 삼으며 달래곤 했다. 4월이 오면 저 시처럼 "미치고 싶었다". 독재 타도나 4·19 정신 같은 구호나 강고함이 내겐 없었으나, 내 안엔 가난으로 무너진 토방이 있었고 도시 변두리에서 빈민으로 살아가는 가족과 친구들이 있었다. 그리고 나는 무엇보다 행동이 아닌, 시로 세상을 구원하고 싶은 열망이 있었다. 세상을 갈아엎고, 갈아엎은 그 세상의 연안에 언어의 보리를 뿌려 비단처럼 물결칠 시의 푸른 보리밭을 꿈꾸고 또 꿈꾸었다.

독작 獨酌   이백

꽃 사이에 앉아

혼자 마시자니

달이 찾아와

그림자까지 셋이 됐다.

달도 그림자도

술이야 못 마셔도

그들 더불어

이 봄밤 즐기리.

내가 노래하면 달도 하늘을 서성거리고

내가 춤추면 그림자도 춘다.

이리 함께 놀다가

취하면 서로 헤어진다.

담담한 우리의 우정!

이백 李白 701~762
두보와 함께 중국 최고의 시인으로 평가되며 시선(詩仙)이라고 불린다. 젊은 시절에는
협기가 많았고 만년에는 신선이 관심의 대상이었으며 술은 그의 전 생애를 통틀어
문학과 철학의 원천이었다고 한다. 1,100여 편의 작품이 오늘날까지 전해진다.

봄밤엔
혼자
술을
마시자 :

골목의 축대에 피어난 개나리길을 오늘은 그냥 지나치지 말고, 개나
리에 바싹 붙어서서 걷자. 그리고 어깨와 얼굴에 흘러내린 개나리꽃
자국이 가시기 전에 집에 들어와 술병을 따고 사랑하는 사람들을 떠
올리며 건배를 하자. 이백은 강물에 비친 달을 보고 뛰어들었다고 하
지만, 사실은 이백이 쓴 달의 시를 보고 우리가 자기도 모르게 그 속
으로 뛰어든 것이다. 애수 어린 이 독작은 흥겹기 그지없다. 혼자 술
을 마시는데 꽃과 달그림자까지 셋이 어우러지니 말이다. 더구나 취
하면 담담히 헤어지는 우정이 그렇다. 봄밤이 아쉬워 꽃과 달그림자
에게 건배하며 독작하는 이백의 시는 가히 우주적으로 쓸쓸하다.

사랑하는 여인

폴 엘뤼아르

그녀는 내 눈꺼풀 위에 있고

그녀의 머리칼은 내 머리칼 속에

그녀는 내 손과 같은 형태

그녀는 내 눈과 같은 빛깔

하늘 위로 사라진 조약돌처럼

그녀는 내 그림자 속에 잠겨 사라진다

그녀는 언제나 눈을 뜨고 있어

나를 잠 못 이루게 한다

그녀의 꿈은 눈부신 빛으로 싸여

태양을 증발시키고

나를 웃게 하고, 울고 웃게 하고

할 말이 없어도 말하게 한다

폴 엘뤼아르 Paul Éluard 1895~1952
초현실주의의 대표적 시인으로 평가받는 프랑스 시인이다. 시집으로 『의무와 불안』,
『고통의 도시』 등이 있으며, 『시와 진실』 『독일군의 주둔지에서』는 프랑스 저항시의
백미로 알려져 있다.

인생은
선연한
헛것 :

혁명가는 세상을 바꾸려고 하지만, 시인은 인생도 세상도 함께 바꾸려는 꿈을 놓치지 않는 존재. 즉, 타인(세계)을 통해 자신(삶)이 존재하기. 사랑하는 여인의 눈에서 자신이 환하게 밝혀지는, 이 눈빛의 정겨운 합침! 그래도 인생은 '선연한 헛것', 시인의 아내이자 영원한 '그녀' 갈라는 나중에 화가 달리와 결혼하니.

빗방울 길 산책 김기택

비 온 뒤

빗방울 무늬가 무수히 찍혀 있는 산길을

느릿느릿 올라갔다

물빗자루가 한나절 깨끗이 쓸어놓은 길

발자국으로

비질한 자리가 흐트러질세라

조심조심 디뎌 걸었다

그래도 발바닥 밑에서는

빗방울 무늬들 부서지는 소리가

나직하게 새어나왔다

빗물을 양껏 저장한 나무들이

기둥마다 찰랑거리는 소리를 내고 있었다

비 그친 뒤

더 푸르러지고 무성해진 잎사귀들 속에서

젖은 새 울음소리가

새로 돋아나고 있었다

아직 아무도 밟지 않은 빗방울 길

돌아보니

눈길처럼 발자국이 따라오고 있었다

김기택 1957~
시집으로 『갈라진다 갈라진다』, 『태아의 잠』 『바늘구멍 속의 폭풍』 『사무원』 『소』 『껌』
등이 있다. 김수영문학상, 현대문학상, 이수문학상, 미당문학상 등을 수상했다.

마음을
여행하는
법 :

걷기는 세상을 여행하는 방법이자 마음을 여행하는 방법이다. 걷기
속에는 사유와 경험과 도착이 함께 어우러져 있다. 완전한 걷기란 이
세 가지가 어우러져야 한다. 시인은 마음의 풍경을 걷는 행위를 통해
몸으로 풀어낸다. 당신은 빗방울 무늬가 부서질까 조심조심 걸어본
적 있나. 자신의 발자국 밑에 우주의 물빛자루가 깨끗이 쓸어놓은 행
성이 빛난다는 생각을 해본 적 있나.

헌시 獻詩　　마리나 츠베타예바

내 이 글발을 헌정하노니
그 누군가 이 시로
내 관을 만들 겁니다.
사람들은 내 꼿꼿하고 증오 가득 찬
단아한 이마를 뚜렷이 볼 겁니다.

이마에 화관을 두른 채,
아무런 가치도 없이
덧없이 변해버려
내 가슴에도 낯선 모습으로
나는 관 속에 누울 것입니다.

사람들은 내 얼굴을
바로 보지 못할 겁니다:
'내게는 모든 것이 들리고,
모든 것이 보입니다!
무덤 속에서 나는
아직도 치욕을 느낍니다.
당신 같은 이들과 함께 있음을!'

눈처럼 하얀 옷을 입고—어렸을 적부터 내 얼마나 싫어하던 색이던가!—

나는 누워 있을 것입니다.—누군가와 이웃해서?—

종말의 그 순간까지.

귀 기울여 들어보세요.

나는 받아들일 수 없어요!

나를 땅으로 내려놓지 말아요.

나를!

아, 그러나 모든 것은

그 언젠가 모두 스러짐을

나는 압니다!

묘지는 안식처가 결코 아니며,

살아 있는 것보다

내가 더욱 사랑하는 것은

아무것도 없습니다.

마리나 츠베타예바 Marina Ivanovna Tsvetaeva 1892~1941
러시아의 시인으로 파리에서 공부했다. 시집으로 『저녁의 앨범』, 『이별』, 『백조의 진영』
등이 있다. 보리스 파스테르나크의 소설 『닥터 지바고』의 여주인공 라라는 그녀를 모
델로 한 것이라고 알려져 있다.

묘지는
결코
안식처가
될 수 없음을 :

새벽까지 시를 쓰다 출출한 배를 달래려고 검은 비닐봉지에 넣어둔 고구마를 삶아 먹으려 꺼내는 순간 짐승보다 원시적인 붉은 싹과 마주친 것처럼 온몸에 전율이 인다. 오랜 망명과 귀향, 남편의 불행한 죽음(소비에트 정부를 위해 일했지만 총살당함), 문단의 외면, 파스테르나크·릴케와 서신을 통한 삼각관계, 그리고 자살로 생을 마감한 이 러시아 여성 시인에겐 원한보다 깊은 정념이 있다. 어릴 때부터 싫어했던 하얀 옷을 입고 무덤에 누워 있는 환영을 그린 이 시가 그것을 말해준다. 시인은 누군가에게 헌시를 써 그 시로 관을 짜달라고 하고 있지만, 묘지는 결코 안식처가 될 수 없다. 오, 미친 듯이 살고 싶다!

삶이란

어둠의 바탕에

돋아나는

별빛 같은 것

눈물은
왜 짠가

함민복

지난 여름이었습니다 가세가 기울어 갈 곳이 없어진 어머
니를 고향 이모님 댁에 모셔다 드릴 때의 일입니다 어머니는
차시간도 있고 하니까 요기를 하고 가자시며 고깃국을 먹자
고 하셨습니다 어머니는 한평생 중이염을 앓아 고기만 드시
면 귀에서 고름이 나오곤 했습니다 그런 어머니가 나를 위해
고깃국을 먹으러 가자고 하시는 마음을 읽자 어머니 이마의
주름살이 더 깊게 보였습니다 설렁탕집에 들어가 물수건으
로 이마에 흐르는 땀을 닦았습니다

"더울 때일수록 고기를 먹어야 더위를 안 먹는다 고기를
먹어야 하는데…… 고깃국물이라도 되게 먹어둬라"

설렁탕에 다대기를 풀어 한 댓 숟가락 국물을 떠먹었을 때
였습니다 어머니가 주인아저씨를 불렀습니다 주인아저씨는
뭐 잘못된 게 있나 싶었던지 고개를 앞으로 빼고 의아해하며
다가왔습니다 어머니는 설렁탕에 소금을 너무 많이 풀어 짜
서 그런다며 국물을 더 달라고 했습니다 주인아저씨는 흔쾌
히 국물을 더 갖다 주었습니다 어머니는 주인아저씨가 안 보
고 있다 싶어지자 내 투가리에 국물을 부어주셨습니다 나는
당황하여 주인아저씨를 흘금거리며 국물을 더 받았습니다
주인아저씨는 넌지시 우리 모자의 행동을 보고 애써 시선을

외면해주는 게 역력했습니다 나는 그만 국물을 따르시라고 내 투가리로 어머니 투가리를 툭, 부딪쳤습니다 순간 투가리가 부딪치며 내는 소리가 왜 그렇게 서럽게 들리던지 나는 울컥 치받치는 감정을 억제하려고 설렁탕에 만 밥과 깍두기를 마구 씹어댔습니다 그러지 주인아저씨는 우리 모자가 미안한 마음 안 느끼게 조심, 다가와 성냥갑만한 깍두기 한 접시를 놓고 돌아서는 거였습니다 일순, 나는 참고 있던 눈물을 찔끔 흘리고 말았습니다 나는 얼른 이마에 흐른 땀을 훔쳐내려 눈물을 땀인 양 만들어놓고 나서, 아주 천천히 물수건으로 눈동자에서 난 땀을 씻어냈습니다 그러면서 속으로 중얼거렸습니다

눈물은 왜 짠가

함민복 1962~
시집으로 『우울氏의 一日』 『자본주의의 약속』 『모든 경계에는 꽃이 핀다』 등이 있으며, 산문집 『눈물은 왜 짠가』 등이 있다. 박용래문학상, 애지문학상, 오늘의젊은예술가상 등을 수상했다.

가난으로
지은
따뜻한 밥 :

시를 쓰는 것은 무엇인가. 종이에 삶을 옮기는 것이다. 함민복은 그런 진짜배기 시를 쓰는 시인이다. 그는 시를 머리로 쓰지 않고 가슴으로 쓴다. 자식들을 위해 헌신하느라 가세가 기울어 당장 갈 곳 없는 처지가 된 어머니가 있다. 하여 이제 노인이 된 어머니는 고향을 지키고 있는 동생의 집에 기식(寄食)하러 떠난다. 이제 어머니를 자주 볼 수 없게 된 아들은 어머니가 가시는 먼 길을 배웅한다. 그리고 모자는 잠깐 짬을 내어 설렁탕집엘 들어간다. 아들에게 고깃국을 먹이기 위해 어머니는 고기를 드시기에 불편한 몸임에도, 한사코 고깃국을 먹고 가자고 막무가내인 것이다. 함민복의 시를 읽으면 가난의 상상력을 바탕으로 하여 삶의 비루함마저도 사랑하는 긍정의 시학이 돋보인다. 홍수에 떠내려가는 아우성소리로 가득 찬 것 같은 현실 속에서 자신의 삶과 시대의 바닥을 응시하여 '가난'으로 따뜻한 밥을 지어 올린다. 먼 길 떠나는 어머니와 아들 사이에 흐르는 무한한 사랑이 저 가난한 식탁에 차려져 있다.

빈집 박형준

개 한 마리

감나무에 묶여

하늘 본다

까치밥 몇개가 남아 있다

새가 쪼아먹은 감은 신발

바람이 신어보고

달빛이 신어보고

소리 없이 내려와

불빛 없는 집

등불

겨울밤을

감나무에 묶여

앞발로 땅을 파며 김칫독처럼

운다, 울어서

등을 말고 웅크리고 있는 개는

불씨

감나무 가지에 남은 몇개의 이파리

흔들리며 흔들리며

새처럼 개의 눈에 아른거린다

주인이 놓고 간

신발들

빈집을 녹인다

긴 겨울밤.

박형준 1966~
시집으로 『나는 이제 소멸에 대해 이야기하련다』 『빵냄새를 풍기는 거울』 『물속까지
잎사귀가 피어 있다』 『춤』 등이 있으며, 산문집 『저녁의 무늬』가 있다. 동서문학상, 현
대시학작품상, 소월시문학상 등을 수상했다.

풍경,
내 마음의 속
풍경 :

셋집을 전전할 때마다 포도나무, 목련, 감나무가 있었다. 이 시는 창
밖의 감나무를 바라보며 쓴 것이다. 어느 겨울밤 물끄러미 까치밥을
바라보자 유년의 고향으로 돌아가고 싶은 기억의 '신발들'이 저렇게
매달려 있는 것은 아닐까 하는 생각이 들었다. 마음속 신발장에는 언
제나 고향을 그리워하는 신발들이 놓여 있었던 것이다.

저녁이면
가끔

문인수

저녁이면 가끔 한 시간 남짓

동네 놀이터에 나와 놀고 가는 가족이 있다.

저 젊은 사내는 작년 아내와 사별하고

딸아이 둘을 키우며 산다고 한다.

인생이 참 새삼 구석구석 확실하게 만져질 때가 있다.

거구를 망라한 힘찬 맨손체조 같은 것,

근육질의 윤곽이 해 지고 나서 가장 뚜렷하게 거뭇거뭇 붉어지는

저녁 산, 집으로 돌아가는 사내의 우람한 어깨며 등줄기가

골목 어귀를 꽉 채우며 깜깜하다.

아이 둘 까불며 따라붙는 것하고

산 너머 조막손이별 반짝이는 것하고, 똑같다.

하는 짓이 똑같이

어둠을 더욱 골똘하게 한다.

문인수 1945~
시집으로 『뿔』, 『쉐치는 산』, 『동강의 높은 새』, 『쉬』, 『배꼽』 등이 있다. 미당문학상, 김달
진문학상, 노작문학상 등을 수상했다.

반짝이는 것, 모두 똑같다 :

문인수의 시는 나직나직한 음성이지만 슬픔에 젖은 우리의 등을 다독 다독 두드려주는 나이 든 친척을 닮았다. 시인은 저녁마다 집 앞 놀이터에 나와 동네 사람들의 사연을 제 것인 양 듣고 있다. 오늘은 작년 아내와 사별하고 딸아이 둘을 키우며 사는 젊은 사내의 삶을 만져준다. 골목의 놀이터에서 어스름 속에서 불거지는 저녁 산의 거뭇거뭇한 자국과 집으로 돌아가는 사내의 뒷모습을 대비한 장면이 뭉클하다. 사내의 등 뒤에 아이 둘이 따라붙는 것이나 저 멀리 저녁 산에 조막손이별이 반짝이는 것, 모두 똑같다. 삶이란 근육질의 윤곽이 해지고 흐려지면서 그 쓸쓸한 순간에 어둠의 바탕에 돋아나는 그런 별빛 같은 것이다.

강 　　이성복

저렇게 버리고도 남는 것이 삶이라면

우리는 어디서 죽을 것인가

저렇게 흐르고도 지치지 않는 것이 희망이라면

우리는 언제 절망할 것인가

해도 달도 숨은 흐린 날

인기척 없는 강가에 서면,

물결 위에 실려가는 조그만 마분지조각이

미지(未知)의 중심에 아픈 배를 비빈다

이성복 1952~
시집으로 『뒹구는 돌은 언제 잠드는가』, 『남해금산』, 『그 여름의 끝』 등이 있다. 현대문
학상, 대산문학상, 소월시문학상, 김수영문학상 등을 수상했다.

쓸쓸하고
아프더라도
그 기척은
아름답다 :

'삶'과 '희망', 그리고 '절망'이라는 낡은 단어들을 가지고도 이런 시를
쓸 수 있다니 시인은 과연 언어의 연금술사다. 시인이란 단어 몇 개만
가지고서도 천변만화를 일으킬 수 있는 존재이다. 누구나 강물 위에
떠가는 작은 마분지 조각을 볼 수 있지만, 그것을 이렇게 표현하지는
못한다. "미지의 중심에 아픈 배를 비빈다"니. 우리는 사소한 존재이
지만 언제나 인생이란 강물에 의미 있는 흔적을 남긴다. 그것이 쓸쓸
하고 아프더라도 그 기척은 아름답다.

송학동 1   장석남

계단만으로도 한동네가 되다니

무릎만 남은 삶의
계단 끝마다 베고니아의 붉은 뜰이 위태롭게
뱃고동들을 받아먹고 있다

저 아래는 어디일까 뱃고동이 올라오는 그곳은
어느 황혼이 섭정하는 저녁의 나라일까

무엇인가 막 쳐들어와서
꽉 차서
사는 것이 쓸쓸함의 만조를 이룰 때
무엇인가 빠져나갈 것 많을 듯
가파름만으로도 한 생애가 된다는 것에 대해
돌멩이처럼 생각에 잠긴다

장석남 1965~
시집으로 『새떼들에게로의 망명』 『지금은 간신히 아무도 그립지 않을 무렵』 『젖은 눈』
등이 있고, 산문집 『물 긷는 소리』 등이 있다. 김수영문학상, 현대문학상을 수상했다.

거기, 삶을 받치는 무릎이 있다 :

계단마다 다랭이논처럼 한동네가 펼쳐지는 산동네 사람들의 가파른 생활을 "무릎만 남은 삶"이라고 표현하다니, 기막히다. 가난마저도 어찌 저리 아름답게 쓸쓸한가. 가만, 시인이 용문에 쉼터로 잡은 오두막 이름이 용슬재(容膝齋)라지. 산중턱에 자리 잡았지만 동향이어서 마당 아래쪽에서부터 아침해가 들어오는 그만의 공간. 거기에도 삶을 받치는 '무릎(膝)'이 들어 있구나.

자장가 김수영

아가야 아가야

열 발가락이 다 나와 있네

엄마가

만들어준 빨간 양말에서

아가야 아가야

기저귀 위에는 나일론 종이까지 감겨져 있네

엄마는

바지가 젖는 것이 무서웁단다

아가야 아가야

돌도 아니 된 너는 머리도 한번 깎지를 않고

엄마는

너를 보고 되놈이라고 부르지

아가야 아가야

네 모양이 우스워서 노래를 부르자니

엄마는

하필 국민학교 놈의 국어공책을 집어주지

김수영 1921~1968
뛰어난 시인일 뿐만 아니라 독창적인 이론가로도 정평이 나 있다. 사회 현실에 대한
비판 의식을 시 속에 구현하고자 애썼다. 그의 시비에도 새겨져 있는, 그 유명한 「풀」
을 쓰고서 보름도 되지 않아 불의의 교통사고로 세상을 떠났다. 생전에 출간한 시집
으로는 「달나라의 장난」이 있으며, 그의 사후 많은 출판사에서 시선집과 전집을 발간
했다.

이제는
아버지가 된
아가들에게 :

전쟁이 할퀴고 간 1950년대 말이다. 기저귀 위에는 나일론 종이까지
감겨 있다니. '되놈'이라 부르는 엄마의 말 속에는 아가의 우스꽝스런
모습도, 그리고 은근히 크게 되기를 바라는 마음도 담겨 있다. 이제
는 아버지가 된 이 '아가'들이 크게 되지는 못했더라도 자식(子息)들아,
일하느라 양말 속에서 열 발가락이 나왔는지 살펴보고 껴안아주오.

나의
최초의 빛

고형렬

전공이 작은 애자를 대고

약한 서까래를 눌러 나사를 대고

드라이버를 돌린다

뿌지직, 하는 소리가 신기하게 쳐다보는

내 얼굴 위에 떨어졌다

마른 하얀 나무가루가 떨어졌다

나무가루는 북강원 해변가

외진 곳 우리 집의 내력이다

참새들이 살고 새끼를 치고 잠을 자고

아침을 불러내던 곳

털 없이도 굼벵이가 살던 곳

애자에 빨간 하얀 두 줄이

정지 한쪽까지 같이 이어지던

먼 춘분 무렵 그날, 훤히 어둡던 저녁

공중에 달린 검은 소켓을 돌렸다

찰칵, 플래시가 터지듯

아 빛이 쏟아져 나왔다! 최초의 새 빛

부모와 손뼉을 치던 날

아직도 나는 잊지 못했네

눈과 빛이 너무 밝으면 먼 마을의

그 어린 빛이 생각나

필라멘트 대롱대롱 달린 눈부신 불빛

아득, 내 귀가 어두웠던 눈빛.

고형렬 1954~
시집으로 『대청봉 수박밭』 『밤 미시령』 『봉새』 『유리체를 통과하다』 등이 있다. 지훈
문학상, 백석문학상, 대한민국문화예술상 등을 수상했다.

전구 속
필라멘트처럼
빛을 내던
어린 시절은 다
어디로 갔을까 :

전기가 들어오기 전까지, 저녁 마당엔 달그늘만 비치는 줄 알았다. 아버지가 헛기침을 하며 변소에 갈 때 삐걱 열린 방문으로 바람에 흔들리는 호롱불 그늘만 비치는 줄 알았다. 훤히 어둡던 저녁 마당에 검은 소켓을 돌리는 순간, 찰칵 플래시가 터지듯 새 빛이 쏟아지던 날. 부모와 손뼉을 치며 전구 속 필라멘트처럼 빛을 내던 어린 시절은 다 어디로 갔을까.

둔주곡 遁走曲　　김종삼

그 어느 때엔가는 도토리 잎사귀들이

밀리어 가다가는 몇 번인가 빙그르 돌았다.

사람의 눈언저리를 닮아가는 공간(空間)과

대지(大地) 밖으로 새끼줄을 끊어버리고 구름 줄기를 따랐다.

양지바른 쪽,

피어난 씨앗들의 토지(土地)를 지나

띄엄띄엄

기척이 없는 아지못할 나직한 집이

보이곤 했다.

천상(天上)의 여러 갈래의 각광(脚光)을 받는

수도원이 마주보이었다.

가까이 갈수록

그 자리에만 머물러 있는 사랑하는 사람의 자리.

가까이 갈수록 광활(廣闊)한 바람만이 남는다.

김종삼 1921~1984
우리 시에서 가장 순도 높은 순수시를 쓴 시인으로 통한다. 그의 시와 산문, 인터뷰 기사가 실린 『김종삼 전집』이 남아 있다.

그곳에는
아직 사랑하는
사람의 자리가 :

김종삼은 자신을 "망가져 가는 저질 플라스틱 임시 인간"(「나」)이라고
했다. 바람 또한 마찬가지로 세계의 임시 존재이다. 바람은 불어서
사람의 눈언저리를 닮아가는 공간을 만든다. 불었다가 끊기고 끊겼다
가 불면서 신의 침묵의 소리를 띄엄띄엄 기척 없는 나직한 공간에 풀
어놓는다. 수도원이 마주보이는 그곳에는 아직 사랑하는 사람의 자리
가 있으므로.

산수유꽃나무에 말한 비밀

서정주

어느 날 내가 산수유꽃나무에 말한 비밀은

산수유꽃 속에 피어나 사운대다가……

흔들리다가……

낙화(落花)하다가……

구름 속으로 기어들고,

구름은 뭉클리어 배 깔고 앉았다가……

마지못해 일어나서 기어가다가……

쏟아져 비로 내리어

아직 내 모양을 아는 이의 어깨 위에도 내리다가……

빗방울 속에 상기도 남은

내 비밀의 일곱빛 무지개여

햇빛의 푸리즘 속으로 오르내리며

허리 굽흐리고

나오다가……

숨다가……

나오다가……

서정주 1915~2000
우리말 시인 가운데 가장 큰 시인이라 일컬어진다. 첫 번째 시집인 『화사집』을 비롯
하여 모두 열다섯 권의 시집을 남겼으며, 수록된 시는 모두 899편에 달한다. 대한민
국문학상, 대한민국예술원상 등을 수상하였다.

어깨를 감싸며
내리는 비는
얼마나 뭉클한가 :

시인이 아주머니처럼 산수유나무에 대고 귓속말로 소곤거리다니 이게 웬 말씀! 그런데 가만히 생각해보면 시인은 이 세상에서 가장 예쁜 어린 아기의 칭얼대는, 늘 그냥 그럴 뿐인, 그야말로 천진무구한 말로 산수유나무에 대고 말한 것이 확실하다. 보아라, 메말랐던 산수유나무에서 꽃이 피고, 그 꽃이 흔들리다가 떨어지고, 이윽고 구름 속으로 기어들어가 비로 내리니. 아! 빗방울 속에 아직도 남은 비밀의 일곱빛 무지개는 시인이 세상에 남긴 시가 아닌가. 그러니 그런 시인을 아는 이의 어깨를 감싸며 내리는 비는 얼마나 뭉클한가.

물빛 1   마종기

내가 죽어서 물이 된다는 것을 생각하면 가끔 쓸쓸해
집니다. 산골짝 도랑물에 섞여 흘러내릴 때, 그 작은 물
소리를 들으면서 누가 내 목소리를 알아들을까요. 냇물
에 섞인 나는 물이 되었다고 해도 처음에는 깨끗하지 않
겠지요. 흐르면서 또 흐르면서, 생전에 지은 죄를 조금씩
씻어내고, 생전에 맺혀 있던 여한도 씻어내고, 외로웠던
저녁, 슬펐던 앙금들을 한 개씩 씻어내다보면, 결국에는
욕심 다 벗은 깨끗한 물이 될까요. 정말 깨끗한 물이 될
수 있다면 그때는 내가 당신을 부르겠습니다. 당신은 그
물 속에 당신을 비춰 보여주세요. 내 목소리를 귀담아들
어주세요. 나는 허황한 몸짓을 털어버리고 웃으면서, 당
신과 오래 같이 살고 싶었다고 고백하겠습니다. 당신은
그제서야 처음으로 내 온몸과 마음을 함께 가지게 될 것
입니다. 누가 누구를 송두리째 가진다는 뜻을 알 것 같습
니까. 부디 당신은 그 물을 떠서 손도 씻고 목도 축이세
요. 당신의 피곤했던 한세월의 목마름도 조금은 가셔지

겠지요. 그러면 나는 당신의 몸 안에서 당신이 될 것입니

다. 그리고 나는 내가 죽어서 물이 된 것이 전연 쓸쓸한

일이 아닌 것을 비로소 알게 될 것입니다.

마종기 1939~
시집으로 『조용한 개선』 『안 보이는 사랑의 나라』 『그 나라 하늘빛』 『이슬의 눈』 등이 있
다. 편운문학상, 이산문학상, 동서문학상, 현대문학상 등을 수상했다.

우리가
죽어서
물이 된다면 :

산행을 하다 산골짝 도랑물이 흐르는 곳에서 잠시 쉬다보면, 정말 이런 시가 생각날 것 같다. 마음속의 것들이 꺼내어진 것 같은 시어가 깨끗한 물빛에 반짝인다. 마음과 어깨를 내리누르는 욕심과 슬픈 앙금들을 저 물소리에 부려놓으면, 결국에는 우리도 저 반짝이는 물로 태어나리. 그때 사랑하는 당신을 불러서 물이 된 자신을 보게 하라. 우리가 죽어서 물이 된다면 사랑하는 당신은 그 물을 떠서 피곤한 한 세월과 목마름을 시원하게 축이실 테지.

내가 이렇게 외면하고

백석

내가 이렇게 외면하고 거리를 걸어가는 것은 잠풍 날씨가 너무나 좋은 탓이고

가난한 동무가 새 구두를 신고 지나간 탓이고 언제나 꼭같은 넥타이를 매고 고은 사람을 사랑하는 탓이다

내가 이렇게 외면하고 거리를 걸어가는 것은 또 내 많지 못한 월급이 얼마나 고마운 탓이고

이렇게 젊은 나이로 코밑수염도 길러보는 탓이고 그리고 어늬 가난한 집 부엌으로 달재 생선을 진장에 꼿꼿이 지진 것은 맛도 있다는 말이 자꼬 들려오는 탓이다

백석 1912~1995
해방 후 북한에서 활동했다는 이유로 제대로 된 평가를 받지 못하다가 토속적이고 민족적인 언어를 사용하는 시인으로 뒤늦게 이름을 알렸다. 다수의 출판사에서 그의 전집을 출간하고 있다.

햇볕을
발견하는
일 :

단벌 신사가 거리를 걸어간다. 사랑하는 사람에게 젊은 나이에 한번 길러본 코밑수염도 과시하고 가난한 친구의 새 구두 장만도 축하해 주려고. 많지 않은 월급이지만 고맙게도 오늘은 주머니 사정이 넉넉 하다. 잔잔한 잠풍 날씨가 참으로 좋은 날, 이렇게 외면하고 거리를 걸으면 일상의 소박함만큼 행복한 것이 또 어디 있으랴. 우리가 살고 있는 세상에서 눅눅한 일상들에 쏟아지는 햇볕을 발견하는 일은 가히 어렵지 않다. 잠시만 현대 도시의 속도에서 놓여나, 앞만 보고 달리 는 가속에서 놓여나 이렇게 외면하기만 한다면 우리는 사랑으로 둘러 앉아 서로의 얼굴을 바라볼 수 있고 가난한 집에서 생선을 지지는 음 식 냄새를 맡을 수 있다.

폐병쟁이 내 사내

허수경

그 사내 내가 스물 갓 넘어 만났던 사내

몰골만 겨우 사람꼴 갖춰

밤 어두운 길에서 만났더라면 지레 도망질이라도 쳤을 터이지만

눈매만은 미친 듯 타오르는 유월 숲 속 같아

내라도 턱하니 피기침 늑막에 차오르는 물 거두어 주고 싶었네

산가시내 되어 독오른 뱀을 잡고

백정집 칼잽이 되어 개를 잡아

청솔가지 분질러 진국으로만 고아다가 후 후 불며 먹이고 싶었네

저 미친 듯 타오르는 눈빛을 재워

선한 물같이 맛깔 데인 잎차같이 눕히고 싶었네

끝내 일어서게 하고 싶었네

그 사내 내가 스물 갓 넘어 만났던 사내

내 할미 어미가 대처에서 돌아온 지친 남정들 머리맡

지킬 때 허벅살 선지피라도 다투어 먹인 것처럼

어디 내 사내뿐이랴

허수경 1964~
시인이자 고고학자. 시집으로 『슬픔만한 거름이 어디 있으랴』 『혼자 가는 먼 집』 『내 영혼은 오래되었으나』 『청동의 시간 감자의 시간』 등이 있고, 장편소설 『모래의 도시』, 산문집 『길모퉁이의 중국식당』 『모래도시를 찾아서』 등이 있다. 동서문학상 등을 수상했다.

사랑하는
사람이란
또 하나의 '나' :

스물 갓 넘은 처녀의 몸속에 세상 만물을 어루만져주는 어머니의 손이 들어 있구나. 꿈과 희망을 위해 멀리 나갔다가 상처받은 사내를 위해 아궁이에 청솔가지 넣어 진국을 끓이는 모습을 보면 절을 올리고 싶다. 남녀 사이의 사랑을 넘어서 상처받은 가난한 자들을 감싸는 위대한 모성이 들어 있다. 사물은 변하지 않는다. 우리들만이 변한다. 이런 세상에서 사랑하는 사람이란 또 하나의 '나'라는 것을 보여주는 저 깊디깊은 정은 얼마나 절절한지.

해바라기

박성우

담 아래 심은 해바라기 피었다

참 모질게도 딱,
등 돌려 옆집 마당 보고 피었다

사흘이 멀다 하고
말동무하듯 잔소리하러 오는
혼자 사는 옆집 할아버지 웬일인지 조용해졌다

모종하고 거름 내고 지주 세워주고는
이제나 저제나 꽃 피기만 기다린 터에
야속하기도 하고 속상하기도 하여
해바라기가 내려다보는 옆집 담을 넘겨다보았다

처음 보는 할머니와
나란히 마루에 걸터앉은

옆집 억지쟁이 할아버지가

할머니 손등에 슬몃슬몃 손 포개면서,

우리집 해바라기를 쳐다보고 있었다

박성우 1971~
시집으로 『거미』 『가뜬한 잠』 등이 있다. 신동엽문학상. 불꽃문학상 등을 수상했다.

시인의
마당에는 :

잔소리를 늘어놓는 옆집 억지쟁이 할아버지지만 따뜻하게 감싸안는
손길이 느껴진다. 그래서 담 아래 해바라기가 등 돌려 옆집 마당을
보고 피었다고 했다. 시인의 시골 농가에는 서울 사는 시인 형들이
그리우면 보려고 심은, 하나하나 이름 붙인 나무도 여러 그루 있단
다. 외롭게 사는 옆집 노인의 사랑을 응원하는 이 해바라기에는 아마
도 '억지쟁이'라는 이름표가 붙어 있을 것이다.

먼 그대

세사르 바예호

지금쯤 무얼 하고 있을까? 안데스 산촌의 다정한 나의 리타!

늘씬한 몸매에 까만 눈의 소녀.

이 대도시에서 나는 질식해 죽어가고, 피는 몸 안에서

흐느적대는 코냑처럼 졸고 있는데……

하이얀 오후를 꿈꾸며

기도하는 자세로 다림질하던 그 손은 어디 갔을까?

이 빗속에서 나는

살아갈 의욕조차 없는데.

어떻게 되었을까? 그녀의 플란넬 치마,

그녀의 꿈, 그녀의 걸음걸이는.

5월의 사탕수수 맛, 그녀.

문앞에 서서 저녁 하늘을 바라보고 있겠지.

그러다 오스스 떨면서 말할 거야. "어쩜…… 이렇게 춥담."

들새 한 마리 지붕에 앉아서 울고 있겠지.

세사르 바예호 Cesar Vallejo 1892~1938
페루의 시인. 라틴아메리카의 사회적 변혁을 주창한 인물로 페루의 지폐에도 등장할
만큼 국민적인 영웅으로 추앙받고 있다. 시집으로 「검은 전령」 「희망에 대해 말씀드
리지요」 등이 있다.

그
목소리가
그립다 :

저 다정한 리타 같은 아가씨가 내게도 있었지. 눈 많이 내린 아침에
내 잠의 이마를 밟고 윗집에서 우리 집으로 물 길러 오던 그녀. 아직
도 잠에 빠진 나를 깨우듯 문풍지가 바람에 떨릴 때마다 창호지 문을
향해 "춥다" 말 한 마디 던지던. 대도시에서 살아갈수록 인간에 대한
목마름에 냉수를 끼얹어줄 겨울 들녘 갈대 같은 그 목소리가 그립다.

봄 _{이성부}

기다리지 않아도 오고

기다림마저 잃었을 때에도 너는 온다.

어디 뻘밭 구석이거나

썩은 물웅덩이 같은 데를 기웃거리다가

한눈 좀 팔고, 싸움도 한판 하고, 지쳐 나자빠져 있다가

다급한 사연 들고 달려간 바람이

흔들어 깨우면

눈 비비며 너는 더디게 온다.

더디게 더디게 마침내 올 것이 온다.

너를 보면 눈부셔

일어나 맞이할 수가 없다.

입을 열어 외치지만 소리는 굳어

나는 아무것도 미리 알릴 수가 없다.

가까스로 두 팔을 벌려 껴안아보는

너 먼 데서 이기고 돌아온 사람아.

이성부 1942~
시집으로 『우리들의 양식』 『백제행』 『빈산 뒤에 두고』 『야간산행』 등이 있다. 현대문
학상, 한국문학작가상 등을 수상했다.

어둠의
긴 뿌리
끝에 :

바람은 맹렬한 추위 속에 꽃씨를 풀어놓으며 우리 곁에 봄을 실어 날랐다. 1980년대 학번 세대들은 이 시가 포함된 시집 『우리들의 양식』을 옆구리에 끼고 다녔다. 깜깜하고 혹독한 세월 속에서 어둠을 초극하여 사랑으로 껴안고자 하는 열망이 행간마다 가득한 이 시의 강렬한 생기에 감전되지 않은 문학청년이 있었을까. 지금도 여전히 이 시는 어둠의 긴 뿌리에 사람이 마실 수 있는 물길이 흐르고 있음을 따뜻하게 전해준다.

물의
결가부좌

이문재

거기 연못 있느냐

천 개의 달이 빠져도 꿈쩍 않는, 천 개의 달이 빠져 나와도
끄덕 않는 고요하고 깊고 오랜 고임이 거기 아직도 있느냐

오늘도 거기 있어서

연의 씨앗을 연꽃이게 하고, 밤새 능수버들 늘어지게 하
고, 올 여름에도 말간 소년 하나 끌어들일 참이냐

거기 오늘도 연못이 있어서

구름은 높은 만큼 깊이 비치고, 바람은 부는 만큼 잔물결
일으키고, 넘치는 만큼만 흘러넘치는, 고요하고 깊고 오래된
물의 결가부좌가 오늘 같은 열엿샛날 신새벽에도 눈뜨고 있
느냐

눈뜨고 있어서, 보름달 이우는 이 신새벽

누가 소리 없이 뗏목을 밀지 않느냐, 뗏목에 엎드려 연꽃
사이로 나아가지 않느냐, 연못의 중심으로 스며들지 않느냐,

수천수만의 연꽃들이 몸 여는 소리 들으려, 제 온몸을 넓은
귀로 만드는 사내, 거기 없느냐

어둠이 물의 정수리에서 떠나는 소리
달빛이 뒤돌아서는 소리, 이슬이 연꽃 속으로 스며드는 소
리, 이슬이 연잎에서 둥글게 말리는 소리, 연잎이 이슬방울
을 버리는 소리, 연근이 물을 빨아올리는 소리, 잉어가 부레
를 크게 하는 소리, 진흙이 뿌리를 받아들이는 소리, 조금 더
워진 물이 수면 쪽으로 올라가는 소리, 뱀장어 꼬리가 연의
뿌리들을 건드리는 소리, 연꽃이 제 머리를 동쪽으로 내미는
소리, 소금쟁이가 물 위를 걷는 소리, 물잠자리가 제 날개가
있는지 알아보려 한 번 날개를 접어 보는 소리—

소리, 모든 소리들은 자욱한 비린 물 냄새 속으로
신새벽 희박한 빛 속으로, 신새벽 바닥까지 내려간 기온
속으로, 피어오르는 물안개 속으로 제 길을 내고 있으려니,
사방으로, 앞으로 나아가고 있으리니

어서 연못으로 나가 보아라

연못 한가운데 뗏목 하나 보이느냐, 뗏목 한가운데 거기
한 남자가 엎드렸던 하얀 마른자리 보이느냐, 남자가 벗어
놓고 간 눈썹이 보이느냐, 연잎보다 커다란 귀가 보이느냐,
연꽃의 지문, 연꽃의 입술 자국이 보이느냐, 연꽃의 단 냄새
가 바람 끝에 실리느냐

고개 들어 보라

이런 날 새벽이면 하늘에 해와 달이 함께 떠 있거늘, 서쪽
에는 핏기 없는 보름달이 지고, 동쪽에는 시뻘건 해가 떠오
르거늘, 이렇게 하루가 오고, 한 달이 가고, 한 해가 오고, 모
든 한살이들이 오고가는 것이거늘, 거기, 물이, 아무 일도 아
니라는 듯, 다시 결가부좌 트는 것이 보이느냐

이문재 1959~
시집으로 『내 젖은 구두 벗어 해에게 보여줄 때』, 『산책시편』, 『마음의 오지』, 『제국시편』
등이 있으며, 산문집 『내가 만난 시와 시인』, 『바쁜 것이 게으른 것이다』 등이 있다. 김
달진문학상, 소월시문학상 등을 수상했다.

너희들
봄비 내리는데
굶어본 적
있어? :

술자리가 이슥한 어느 봄밤, 노래를 부르던 이문재 시인이 노래를 멈추곤 한참 허공을 응시하다가 말했다. "너희들 봄비 내리는데 굶어본 적 있어?" 집에 돌아와서도 그 말이 가슴속에 먹먹하게 남았다. 봄노래를 춘궁의 허기로 토해낼 수 있다니. 이 시는 꽃이 필 때마다 한 번씩 모였다는 다산과 그의 친구들의 모임 죽란시사(竹欄詩社)를 연상시킨다. 연꽃이 만개할 땐 젊은 문사들이 보름날 밤, 배를 한 척 띄워 연꽃 바다로 나아가며 저마다 뱃전에서 연꽃 피는 소리를 들었다 한다. 여름밤에 연꽃의 단 냄새가 흘러내리는 바람 속에서 그의 허기진 노래를 다시 듣고 싶다.

내

발자국 밑에서

빛나는 행성

겨울.눈(雪).나무.숲

기형도

눈(雪)은

숲을 다 빠져나가지 못하고

여기 저기 쌓여 있다.

'자네인가,

서둘지 말아.'

쿵, 그가 쓰러진다.

날카로운 날(刀)을 받으며.

나는 나무를 끌고

집으로 돌아온다.

홀로 잔가지를 치며

나무의 침묵(沈默)을 듣는다.

'나는 여기 있다.

죽음이란

가면(假面)을 벗은 삶인 것.

우리도, 우리의 겨울도 그와 같은 것'

우리는

서로 닮은 아픔을 향(向)하여

불을 지피었다.

창(窓) 너머 숲 속의 밤은

더욱 깊은 고요를 위하여 몸을 뒤채인다.

내 청결(淸潔)한 죽음을 확인(確認)할 때까지

나는 부재(不在)할 것이다.

타오르는 그와 아름다운 거리(距離)를 두고

그래, 심장(心臟)을 조금씩 덥혀가면서.

늦겨울 태어나는 아침은

가장 완벽(完璧)한 자연(自然)을 만들기 위하여 오는 것.

그 후(後)에

눈 녹아 흐르는 방향을 거슬러

우리의 봄은 다가오고 있는 것이다.

기형도 1960~1989
시집 『입 속의 검은 잎』 출간을 준비하던 중 종로의 한 극장 안에서 숨진 채 발견되
었다. 그는 첫 시집이자 유고시집인 이 시집으로 한국 문학의 뜨거운 신화로 남게 되
었다.

저
눈 속에
영혼의 봄이 :

어느 책에선가 "나무는 하느님이 만든 것 중에서 가장 아름답고 보기 좋은 형상"이라는 말을 읽은 적이 있다. 나무의 삶을 들여다보라. 나무는 태어나서는 대지에 주린 입을 대고 젖을 빨고 성장하여서는 새들에게 넉넉한 보금자리를 만들어주고 더 어른이 되어서는 신의 섭리에 순응한다. 그러니 이 세상에서 나무만큼 아름다운 이름이 있는가. 1989년 3월 7일 새벽, 종로의 파고다극장에서 뇌졸중으로 사망한 시인 기형도의 시는 절망의 고독 속에서 타오르는 순결한 영혼의 아름다움을 나무에 빗대어 표현하고 있다. 시인이 겨울 숲에서 벌목한 나무는 완전히 옷을 벗어버린 그야말로 순진무구한 시인의 영혼과 다름없다. 우리는 사람들과의 만남 속에서 그만큼 숱한 가면을 쓰고 살지만 겨울나무는 "가면을 벗은 삶"의 아름다움을 보여준다. 그러므로 늦겨울 나목(裸木)이야말로 가장 뜨겁고 청결하게 타오르는 영혼의 봄을 저 눈 속에서 예비하고 있는 것이다.

발자국은
신발을 닮았다

이원

발을 넣으려는 순간 왈칵 어두운

현관의 두 짝 신발이 축축하게

제 몸을 다 벌리고 있다

허공에 있던 발을

내리고 주저앉으니

공기의 냄새가 비어 있다

신발 안을 들여다본다 꾹꾹

몸이 걸었으므로 길이 되어버린

마음이 우글우글하다

신발을 굽어보던 빈 몸이

뻣뻣해 벽에 몸을 기댄다

길이 되지 못한 벽이 움찔거려

기댄 벽이 무겁다 세계의

어디서나 출입구는

입과 항문처럼 뚫려 있다

두 발로 단단한 바닥을

딛으며 다시 일어선다

(새삼 발자국은 신발을 닮았다!)

신발 속으로 현실의 발을 집어넣는다

그 속은 아득하고 둥글다

한 발을 살짝 문밖으로 내민다

덥썩 세계의 입이 닫힌다

이원 1968~
시집으로 『그들이 지구를 지배했을 때』 『야후!의 강물에 천 개의 달이 뜬다』 『세상에서 가장 가벼운 오토바이』 등이 있다. 현대시학작품상, 현대시작품상 등을 수상했다.

걸어가지 못한,
꿈으로만
남은 길들 :

가끔 그런 생각이 들 때가 있다. 사물을 신발처럼 신어볼 수 있다면. 봄날 환한 골목을 걸어가는 아가씨의 발걸음을 뒤따라가며 싱겁게 몇 발자국을 그 흔적에 넣어본 적이 있지만. 햇빛이 물처럼 고인 그런 흔적들에 신발을 넣어보면, 귀갓길 골목에서 폐지를 줍고 있는 노파의 둥그런 허리가 삶의 노고로 해진 신발 같아 죄송하기만 하다. 신발들에겐 우리들의 삶이 걸어온 길이 고스란히 들어 있다. 현관에 축축하게 젖은 채 입을 벌리고 있는 두 짝 신발엔, 우리가 걸어가지 못한, 꿈으로만 남은 그런 길들이 벽에 기댄 채 헝클어져 있다.

운運 맹문재

이력서를 낸 곳에 시외버스를 타고 이리저리 돌아

면접 보러 가는 길

내 이마를 툭 치는, 그것

내게 한마디 하려고 그 멀고도 험한 길을

달려왔다고 생각하니

눈물이 난다

나는 비로소 그것이

들판 그득하게 들어 있는 것을 보았다

나뭇가지에 파릇파릇 살아 있는 것도

새들과 함께 날아오르는 것도

도랑물을 타고 흘러가는 것도 보았다

그것, 꽉 쥐고 있자니

어느새 내 손바닥은 눈물로 흥건하다

맹문재 1963~
시집으로 『먼 길을 움직인다』 『물고기에게 배우다』 『책이 무거운 이유』 『사과를 내밀다』 등이 있다. 전태일문학상, 윤상원문학상 등을 수상했다.

나 같은
저 시가
나를
울게 하네 :

이력서를 내고, 우여곡절 끝에 최종 면접 대상자가 되어 손에 꼭 들고 가던 시집. 가방 속에 몰래 감춰두긴 했지만 늘 수줍게, 결연하게 시집을 꺼내 자필 서명을 했지. 내 생살여탈권을 쥔 선생님들께 바친 시집들. 끝내 전해주지 못하고 서가에 꽂아둔, 먼지 켜켜이 쌓인 내 운(運)들 꺼내 읽으면 불우한 손금 같아 눈물 나네. 나 같은 저 시가 날 울게 하네. 무엇보다 시외버스를 타고 이리저리 돌아 낯선 길에 내려, 들판에 새순이 파릇파릇 돋는 것을 보며 힘든 삶에 간신히 찾아온 운을 떠올리는 것이 눈물겹다. 마른 나뭇가지에 새싹이 돋은 것처럼 인생의 멀고 험한 길을 달려온 운을 손에 꼭 쥐고 있는 모습이……

질서
한옆에는

박재삼

혼자 새벽 네 시쯤에 일어나

막막한 속에서 글을 쓰다가

그것도 척척 잘 안 나갈 때는

트럼프를 가지고

패를 뗀다네.

그것은 재수를 점치는 것도 아니고

어린아이처럼

그냥 심심해서 놀기 겸해 하면서

손과 마음을 푼다네.

우주의 크낙한 질서 한옆에는

이렇게 허접쓰레기 같은 일도

끼어야 하는 것인가.

한 사람을 사랑하는 일도

더러는 쉬어야 하고,

우리는 꼭

요긴한 일만 해서 되는 것도 아니고

아무 소용없는 일도 섞여야

그 조화(調和)에 묻혀

세상이 더욱 아름다워지느니라.

박재삼 1933~1997
김소월, 서정주로 이어지는 한국 서정시의 계보를 잇는 시인으로 불린다. 시집으로
『사랑이여』『다시 그리움으로』『천년의 바람』 등이 있다. 노산문학상, 한국시인협회상
등을 수상했다.

날이 밝아도
요긴한 일이
생길 것 같지
않은 새벽 :

새벽 네 시 글이 안 써질 때 트럼프를 가지고 패를 떼는 시인이 낯설지 않다. 짐짓 재수를 점치는 게 아니라고 하지만, 아직 내공이 없는 탓에 화투로 운을 떼며 포근한 똥광에 묻혀 새벽에 혼자 웃는 내 모습이 겹친다. 날이 밝아도 요긴한 일이 생길 것 같지 않은 새벽, 트럼프로 패를 떼며 사랑하는 일도 더러는 쉬어야 한다는 저 시인의 마음은 어떠했을지.

소규모 인생 계획

이장욱

식빵가루를

비둘기처럼 찍어먹고

소규모로 살아갔다.

크리스마스에도 우리는 간신히 팔짱을 끼고

봄에는 조금씩 인색해지고

낙엽이 지면

생명보험을 해지했다.

내일이 사라지자

모레가 황홀해졌다.

친구들은 하나 둘

의리가 없어지고

밤에 전화하지 않았다.

먼 곳에서 포성이 울렸지만

남극에는 펭귄이

북극에는 북극곰이

그리고 지금 거리를 질주하는 사이렌의 저편에서도

아기들은 부드럽게 태어났다.

우리는 위대한 자들을 혐오하느라

외롭지도 않았네.

우리는 하루 종일

펭귄의 식량을 축내고

북극곰의 꿈을 생산했다.

우리의 인생이 간소해지자

달콤한 빵처럼

도시가 부풀어 올랐다.

이장욱 1968~
시집으로 『내 잠 속의 모래산』, 『정오의 희망곡』 등이 있으며, 평론집 『혁명과 모더니
즘』, 장편소설 『칼로의 유쾌한 악마들』 등이 있다.

삶의
아주 낮은
환상 속에서 :

식빵가루를 비둘기처럼 찍어먹으며 소규모 인생 계획을 짜는 손, 이
미 그 손의 모습들이 새싹을 숨기고 있다. 굳이 자신의 삶을 비우며
위대한 자가 된 척하지 않아도, 거리를 질주하는 사이렌의 저편에서
도 아기들은 부드럽게 태어난다. 삶의 아주 낮은 환상 속에서 "펭권
의 식량을 축내고/북극곰의 꿈을 생산"하는 이 시인의 공장에선 간소
한 인생이 달콤한 빵처럼 부푼다.

비가 悲歌 6   두보

남에는 늪 속에 용이 살고

고목은 높이 솟아 가지 서로 늘어졌다.

낙엽이 지면 용은 숨고

독사는 나타나 물 위에 도사린다.

내가 가는데 이게 웬 놈이냐고

칼을 빼어 치려다가 그만두고 만다.

아, 여섯째 곡조를 노래 부르니

골짜기는 나를 위해

봄이라도 보내오렴.

두보 杜甫 712~770
중국 당대의 시인으로 이백과 함께 중국 시단을 대표하며 시성(詩聖)이라 불렸다. 주
요 작품으로 「북정」 「추흥」 등이 있다. 그 외에 「두공부집」 20권과 1,400여 편의 시
가 전해진다.

견디려다
끝내
견디지
못하는 :

죽여도 죽여도 되살아나는 비애가 낙엽 떠 있는 가을 물 위에 어른거
리는구나. 견디려다 끝내 견디지 못하는 삶의 연민이 물그늘 속에서
어두워질 때, 저 아득한 골짜기에서 꽃들이라도 밀려 내려오면 좋으
련만. 나를 위해 오는 봄은 가을의 어디쯤에 걸려 슬픈 곡조를 노래
하고 있는지.

목성이나 토성엔

오세영

새벽 산책길에서

살모사가 개구리 한 마리를 잡아

입에 삼키는 것을 보았다.

어제 저녁에 나도

꽁치 한 마리를 통째로 구워먹지 않았던가.

하나의 생명을 먹고 사는 다른 또 하나의 생명

죽은 자는 죽인 자의 어머니,

이 무참하게 저지른 죄를 씻기 위해 산 자는

식사 후 항상

물로

자신의 내장을 헹구어낸다.

아무도 살지 않는 목성이나 토성엔

물도 필요 없지 않던가.

오세영 1942~
시집으로 『봄은 전쟁처럼』 『시간의 뗏목』 『사랑의 저쪽』 등이 있고, 학술서 『20세기
한국시 연구』 『우상의 눈물』 등이 있다. 소월시문학상, 정지용문학상, 공초문학상, 만
해상 등을 수상했다.

삶의
치욕을
건너는 법 :

삶의 치욕을 건너갈 방법은 없을까. 그것은 치욕이 삶의 가장 큰 무기가 되는 순간밖에 없다. 때론 '다 먹고 살자고 이런다'는 말이 숭고하게 들릴 때가 있다. 치욕은 모락모락 김 나는 한 그릇 쌀밥 때문에 생겨나지만, 그 치욕을 감내하는 순간 꿈이 생긴다. 식사 후 마시는 한 잔의 물은 치욕을 씻어내기 위한 행위일 것이다. 물 때문에 인간의 죄가 생겨나지만 그 물로 우리는 고통받는 신의 발조차 씻어줄 수 있는 인간 행위의 가장 성스러운 꿈을 펼칠 수가 있다. 진공의 저 우주보다 지구가 아름다운 건 본성을 억제하지 않는 미생물 같은 치욕이 우리들 삶을 활성화시켜주기 때문이다.

아이스크림 황제

월리스 스티븐스

큰 여송연 마는 사람을 불러라,

근육이 씩씩한 자를, 그리하여 그에게 일러

부엌의 컵에 식욕 돋구는 응유를 거품 일게 하라.

하녀들에게 보통 때 옷을 입고

빈둥거리게 하라, 그리고 소년들에게는

지난 달 신문지에 꽃을 싸 가지고 오게 하라.

실재를 현상의 궁극이 되게 하라.

유일한 황제는 아이스크림 황제이다.

유리 손잡이가 세 개 떨어진,

송판 장롱에서 그녀가 전에 공작 비둘기를 수놓은

시트를 끄집어내서

그 시트를 펼쳐 그녀의 얼굴을 덮어라.

만일 그녀의 굳은 발이 삐져나온다면,

그녀가 싸늘하고, 말이 끊어졌음을 보여 줄 것이다.

램프로 하여금 불빛을 비치게 하라.

유일한 황제는 아이스크림 황제이다.

월리스 스티븐스 Wallace Stevens 1879~1955
풍부한 이미지와 난해한 은유가 특색인 미국의 시인. 시집으로 『질서의 관념』 『푸른
기타를 든 사나이』 등이 있다. 퓰리처상과 볼링겐상, 전국도서상 등을 수상했다.

덧없이 녹아
사라지는 가장
사소한 일상이
나의 실재라네 :

공작비둘기를 수놓은 시트로 얼굴을 가린 시신 밑에 맨발이 삐죽 삐
져나와 있듯, 지난달 신문지로 싼 꽃을 펼쳐보면 꽃 속에서 죽은 벌
이 바닥에 떨어진다. 상가에서 밤샘하는 사람들은 왜 이리 근엄한 얼
굴인가. 우리가 유일하게 믿을 수 있는 신(神)은 저 녹아내리는 아이
스크림 황제뿐인데.

춘설 春雪   정지용

문 열자 선뜻!

먼 산이 이마에 차라.

우수절(雨水節) 들어

바로 초하로 아츰,

새삼스레 눈이 덮인 뫼뿌리와

서늘옵고 빛난 이마받이 하다.

어름 금가고 바람 새로 따르거니

흰 옷고롬 절로 향긔롭어라

옹숭거리고 살어난 양이

아아 꿈 같기에 설어라.

미나리 파릇한 새순 돋고

옴짓 아니거던 고기입이 오믈거리는,

꽃 피기 전 철아닌 눈에

핫옷 벗고 도로 칩고 싶어라.

정지용 1902~1950
한국 현대시의 신경지를 열었다는 평가를 받는 시인이다. 『정지용 시집』 『백록담』 등
두 권의 시집을 남겼으며, 산문집 『지용문학독본』과 『산문』이 있다.

삶은
의지이니 :

아침이 되어 문을 열자 봄눈 쌓인 산꼭대기가 이마에 차다. 꽃 피기 전 철 아닌 눈이기에 꽃샘추위가 만만찮다. 우수는 봄비가 내려 물기운이 가득 찬다는 뜻이지만 의외로 추운 때이다. 그러나 시인은 핫옷(솜옷)을 벗고 있다. 그대도 두꺼운 옷을 벗어 던져라. 삶은 의지이니, 겨울의 마지막 추위를 온몸으로 느껴야 비로소 찬란한 봄이 열리나니.

새벽길

이 마을 저 마을 닭이 마구 울어대고

동쪽 하늘 큰 별은 거울처럼 밝구나

산머리에 안개 걷히고 달은 아직 떠 있는데

다리 위에 내린 서리 지나간 사람 아직 없네

권벽 1520~1593
조선 중기의 문신이다. 관직에 오르고 50여 년 동안 가사도 돌보지 않고 손님도 거
의 맞지 않으면서 오직 시에만 마음을 쏟았다. 저서로 『습재집』 8권이 있다.

삶의
걸음걸이 :

옛 선비가 새벽길을 나서고 있다. 그믐이라 어둠속에서 돌길에 미끄러진다. 소나무 다리에 부딪히는 물소리를 들으며 위태위태하게 앞으로 나아간다. 얼마나 물소리가 두렵고 크게 들렸을까. 그래도 힘겹게 새벽길을 걷다보니 동이 튼다. 시작이 반이라는 말이 있다. 삶의 걸음걸이는 늘상 험난하지만 자기의 의지를 꺾지 않으면 앞길은 차츰 환해지지 않는가.

북향집 전동균

사월인데도 눈이 쌓이었다 입술이 파란 햇볕이 지나가면
은 담 밑으로 거무스레한 이마를 부끄러운 듯 내미는 잔설
위로 지난해 죽은 아이의 자전거 바퀴자국도 약봉지를 손에
든 아버지의 더운 숨소리도 잠시 흐릿하게 반짝이곤 했다 그
모습을 높다란 나무 위의 까치집이 기우뚱 내려다보곤 했다
세상의 처음처럼

전동균 1962~
시집으로 『오래 비어 있는 길』 『함허동천에서 서성이다』 『거룩한 허기』 등이 있으며,
산문집 『나무의 말』 등이 있다.

그래도
가만히
들여다보면 :

빛이 들지 않는 북향집, 그래서 4월인데도 겨울처럼 입술이 파란 햇볕이 지나간다. 어느 적에 내린 눈인지 모를 잔설이 담 밑에 남아 있는 북향집엔 슬픔이 가시지 않는다. 하지만 가만히 보면 잔설 사이로 흙은 거무스레한 이마를 내밀며 생명의 손짓을 한다. 높다란 나무의 까치집처럼 자식을 살리려던 아버지의 더운 입김은 이제 죽은 자식을 따라 하늘 구멍에 훈풍을 불어넣고 있으니.

그 섬의
이팝나무

김선태

서해 어느 쌀 한 톨 나지 않는 섬마을엔 늙은 이팝나무가 한 그루 있지요. 오백여 년 전 쌀밥에 한이 맺힌 이 마을 조상들이 심었다는 나무입니다. 평생 입으로는 먹기 힘드니 눈으로라도 양껏 대신하라는 조상들의 서러운 유산인 셈이지요. 대대로 얼마나 많은 후손들이 이 나무 밑에서 침을 꼴딱거리며 주린 배를 달랬겠습니까. 해마다 오월 중순이면 이 마을 한복판엔 어김없이 거대한 쌀밥 한 그릇이 고봉으로 차려집니다. 멀리서 보면 흰 뭉게구름 같지만 가까이서 바라보면 수천 그릇의 쌀밥이 주렁주렁 열려 있으니 보기만 해도 배가 부르지요. 김이 모락모락 나는 쌀밥 냄새가 사방팔방 퍼질 때쯤 온 마을 사람들이 모여들어 풍어제를 지냅니다. 이쯤이면 온갖 새들은 물론이고 동네 개나 닭들 하다못해 개미 같은 미물마저도 떨어진 밥풀을 주워 먹으러 모여드니 이 얼마나 풍요로운 자연의 한마당 큰잔치입니까. 대낮이면 흰 그늘을 드리워 더위를 식혀 주고 밤이면 환하게 불을 밝혀

뱃사람들의 등대 구실까지도 한다니 이만하면 조상들의

음덕치고는 참 미덥고 보배로운 것이 아닐는지요.

김선태 1960~
시집으로 『간이역』 『동백숲에 길을 묻다』 『살구꽃이 돌아왔다』 등이 있다. 애지문학
상. 영랑시문학상 등을 수상했다.

내
마음 속
등대 :

현대인의 고독은 매 끼니를 해결해야 하는 고뇌에서 생겨난다. 우리
가 누군가와 만난다는 것은 그 누군가와 밥을 먹는다는 것을 의미하
며, 그렇기 때문에 매 끼니 우리가 꾸는 백일몽은 잠시나마 우리 자
신이 혼자가 아니라는 사실을 위안받기 위한 서러운 제의인 셈이다.
서해의 작은 섬마을, 마을 한복판에 심어진 이팝나무는 5월 중순이면
고봉밥 같은 하얀 꽃을 피워 인간과 미물까지도 한자리에 앉아 식사
를 할 수 있게 한다. 나아가 밤에는 그 환함으로 뱃사람들의 등대 구
실까지 한다. 분열된 현대인들의 고독한 내면에도, 식사 때마다 사람
이 그렇게 떠올라오는 것을 보면 이런 우주적 식사 시간을 마련해주
는 이팝나무 같은 등대가 반짝이고 있는 것은 아닐지.

초록이 세상을 덮는다

김기택

잠깐 초록을 본 마음이 돌아가지 않는다.

초록에 붙잡힌 마음이

초록에 붙어 바람에 세차게 흔들리는 마음이

종일 떨어지지 않는다

여리고 연하지만 불길처럼 이글이글 휘어지는 초록

땅에 박힌 심지에서 끝없이 솟구치는 초록

나무들이 온몸의 진액을 다 쏟아내는 초록

지금 저 초록 아래에서는

얼마나 많은 잔뿌리들이 발끝에 힘주고 있을까

초록은 수많은 수직선 사이에 있다

수직선들을 조금씩 지우며 번져가고 있다

직선과 사각에 밀려 꺼졌다가는 다시 살아나고 있다

흙이란 흙은 도로와 건물로 모조리 딱딱하게 덮인 줄 알았는데

이렇게 많은 초록이 갑자기 일어날 줄은 몰랐다

아무렇게나 버려지고 잘리고 갇힌 것들이

자투리땅에서 이렇게 크게 세상을 덮을 줄은 몰랐다

콘크리트 갈라진 틈에서도 솟아나고 있는

저 저돌적인 고요

단단하고 건조한 것들에게 옮겨 붙고 있는

저 촉촉한 불길

김기택 1957~
시집으로 『갈라진다 갈라진다』 『태아의 잠』 『바늘구멍 속의 폭풍』 『사무원』 『소』 『껌』
등이 있다. 김수영문학상, 현대문학상, 이수문학상, 미당문학상 등을 수상했다.

겨울 내내
뿌리는
캄캄한
밑에서도
꿈을 꾼다 :

도시는 도로와 건물로 흙이란 흙은 모조리 딱딱하게 덮고 있지만, 겨울 내내 뿌리는 캄캄한 그 밑에서 꿈을 꾼다. 봄이 되면 뿌리는 도시의 콘크리트 아래에서 쟁기 날로 생땅을 갈아엎듯, 보도블록을 밀고 나온다. 뿌리는 온통 하늘로 솟구칠 생각으로 불길처럼 초록으로 번져나간다. 이 무거운 수직선으로 가득한 겨울의 딱딱한 도시를 연약한 힘이 들어올리는 중이다. 봄에는 저 촉촉한 푸른 피가 나의 심장 속을 흐르듯이 들려온다. 봄초록은 콘크리트 갈라진 틈에서 솟아나는 뿌리의 "저 저돌적인 고요"로서 우주의 기지개, 생동 그 자체이다.

둥글고 환한

꽃 피어나는

소리

유명해진다 함은

보리스 파스테르나크

유명해진다함은 아름다운 것도

내세울 만한 것도 아니다.

기록을 남기거나 쓴 글에 연연할

필요도 없는 일이다.

창작의 목적은 자아의 표출이니

허세나 출세가 아닌 것이다.

아무 것도 모르면서 사람들의 입에

오르내리는 것은 수치일 뿐.

그러나 헛된 명망 없이 살아야 하느니,

미래의 부름에 귀 기울이고

우주 공간의 사랑과 하나가 되기 위해 끝내, 그렇게 살아야 한다.

종잇장이 아닌 운명 속에 여백을

남겨야 한다.

삶이라는 하나의 절(節)과 장(章)이

책의 여백으로 구분되듯이.

이름없음에 젖어들고

그 속에 발자국 또한 숨겨야 한다.

안개 속에 아무 것도 보이지 않을 때,

대지가 그 속에 은신하듯이.

타인들이 걷던 삶의 흔적을 따라

한 걸음씩 너의 길을 걷되,

너 자신 승리와 패배를

나누지 말아야 할 것이다.

하찮은 것이라도

외면하지 말라.

그러나 생명력 넘치는 삶은

끝내 그렇게 살아야 하느니.

보리스 파스테르나크 Boris Leonidovich Pasternak 1890~1960
러시아의 시인이자 소설가이다. 『장벽을 넘어서』 『누이, 나의 삶』 같은 시집을 펴내며
주목받는 서정시인으로 자리 잡았다. 장편소설 『닥터 지바고』로 1958년도 노벨문학
상 수상자로 결정되었으나 소련 내에서 커다란 반대에 부딪혀 수상을 거부했다.

나의
하찮음이
우주를
만나는 순간 :

좀 싱거울지도 몰라, 명망을 바라지 않고 종이에 글을 쓰는 건. 민망할지 몰라, 실연과 고통을 다시 떠올려보는 건. 하지만 종이에 글을 쓰는 건 상처를 남기는 것이 아니라 상처를 치유하는 것이라 생각해. 자신의 하찮음 속에서 참된 자아가 말하기 시작하면 그건 일대 사건이야. 우주 공간의 사랑과 하나가 되는 거야.

화가 최북에게
그림을 그리게 하고

신광수

서울에 사는 화가 최북은

그림을 팔아서 살아가는데,

지내는 곳 쓰러진 초가집에는

네 벽에서 찬바람이 나는구나.

나무로 된 필통에다

유리로 된 안경을 쓰고,

문 닫은 채 하루 내내

산수도를 그린다네.

아침에 한 폭을 팔아선

아침 끼니를 얻고,

저녁에 한 폭을 팔아선

저녁거리를 얻는다네.

추운 겨울날 떨어진 방석 위에

손님을 앉혀 놓았는데

문 밖 조그만 다리 위에는

눈이 세 치나 쌓였구나.

여보게! 내가 올 적에

눈 덮인 강이나 그려서 주오.

두미와 월계에

다리 저는 나귀를 타고서,

환하게 물든 청산을

둘레둘레 돌아다보네.

고기잡이의 집은 눈에 눌리고

낚싯배만 외롭게 떴는데,

어찌 반드시 패릉교의 맹호연과

고산의 임포만 그릴 건가.

내 그대와 더불어 복사꽃 물 위에서

함께 배를 타리니,

설화지 위에다 봄날의 산 모습도

다시금 그려 주게나.

신광수 1712~1775
39세에 진사에 올라 벼슬을 시작하여 연천현감 등을 지냈다. 당시의 시대상이나 신화, 역사를 소재로 한 민요풍의 한시를 발표하여 이름을 널리 알렸다. 「석북집」 16권 8책이 오늘날까지 전해진다.

얼마나 더
간절해져야
하는가 :

영·정조 시대의 화가 최북은 중인 신분으로 세상에선 별 볼일 없는 떠돌이였으나 싫은 그림을 그려 달라는 강압에 스스로 자신의 눈을 찔러 애꾸가 되었다. 그는 눈이 멀지 않은 한쪽 눈에 안경을 쓰고 빈 방에 앉아 고집스럽게 자신만의 그림을 그렸다. 그림을 팔아 살아가는 예술가를 위해, 동류애가 빚어낸 예술혼의 극지(極止) 같은 시이다. 한편의 시를 쓰기 위해선 얼마나 간절해져야 하는가.

우리가 당신의 성채인 것처럼

최하림

우리가 당신의 성채인 것처럼

우리의 성채인 말들을 위해 기도해주소서

말들은 오래 전에 집을 나가 객지를 떠돌고

있습니다 딱딱한 침상도 그를 위해서는

마련되지 않았습니다 삼류 여인숙에서 등을

돌리고 누울 시간도 없습니다

우유도 없습니다 희미한

미소와 손짓과

공복의 이미지들이

저문 강에 말뚝을

박고 있습니다

(이 시간 공복을 느낄 수 있다는 게

꿈같습니다 숨쉴 수 있다는 게 꿈같습니다)

등뼈가 휘도록 추운 길로 여인들이 가고

있습니다 붉은 소방차가 가고 있습니다

꽁꽁 언 말들을 위해 기도해주소서

우리가 당신의 성채이듯이

말들은 우리 성채입니다

최하림 1939~2010
시집으로 『우리들을 위하여』 『작은 마을에서』 『겨울 깊은 물소리』 『풍경 뒤의 풍경』
등이 있으며, 수필집 『숲이 아름다운 것은 그곳이 비어 있기 때문이다』 등이 있다. 이
산문학상, 올해의예술상 등을 수상했다.

가난한
존재들이 지닌
선함 :

북미 인디언들은 사람이 눈을 깜빡이면 신도 눈을 깜빡인다고 믿는
다. 신은 우리의 눈을 통해 세상을 보기 때문이다. 그러니 우리는 자
기 자신을 공경하고 자기 안의 선함을 사랑해야 한다. 신에게 사람은
든든한 성채이다. 그렇다면 말(言)은 시인의 성채이다. 시인은 가난한
말의 눈을 통해 세상을 본다. 가난한 존재들이 지닌 선함을 이 세계
속에 꺼내놓는 신의 종복이다.

실족 김명인

취중에 누구에겐가 꼭 실수한 것만 같다는 생각이

술 깬 다음날을 하루 종일 우울하게 한다.

실족이 잦아서

이슬로 가려는 술의 일생을 붙들고 자꾸만

썩은 웅덩이 근처로 넘어지지만

그것도 병이라면 대식으로 이 병을 키웠다고

시궁 냄새로 불거진 내 몸의 시화호에

아침부터 아내가 몇 드럼째 잔소릴 쏟아 붓는다.

아니라도 밤새도록 가둬놓은 하수 때문인지,

제방 부근까지 오물 부글부글 끓어 넘쳐서

얼른 수문부터 열어야 했지만

폐수와 섞일 때마다 물이 가 닿고 싶은 바다라면

최초의 그 물빛 탓일까,

그쪽 푸르름이 조갈 한나절을 시퍼렇게 물들인다.

향기가 맑아서 바다를 건넌다는

그런 천리향이라면 지천으로 퍼뜨리려고

한 아름 박하를 안은 채 나도 동해에나 부려지고 싶지만

누가 내 삶의 근거를 이내 들춰낼 것 같아

세우지 못한 면목이나 부표 대신 허파 안쪽에

헌 신문지 쪼가리나 부레 붙이고

졸음과 매연을 끌고 밤 이슥하도록

내 하루치의 시화호 헤엄쳐 건너가고 있다.

김명인 1946~
시집으로 『동두천』, 『머나먼 곳 스와니』, 『바다의 아코디언』, 『꽃차례』 등이 있다. 소월
시문학상, 김달진문학상, 현대문학상, 이산문학상 등을 수상했다.

술
취한
다음날엔 :

잘 돌아가지 않는 컴퓨터마냥 하루 종일 '자아조각 모음'을 실시한다. 창으로 들어온 햇볕이 뜨뜻하게 이불 끝을 적시는 중천인데, 한사코 이불을 붙잡고 떼쓰는 어린애 꼴이라니. 선비의 품격과 탁월한 시적 성취를 이룬 중견시인으로 평가받는 김명인 시인도 나처럼 대취한 다음날 죄의식에 시달린다니 신기하다. 그러나 한편으로 생각해보면 술자리에서의 '실족'은 "이슬로 가려는 술의 일생"에 대한 열렬한 예술가—탕아의 귀향의지이며 그 역설이다. 술자리의 끝이 썩은 웅덩이나 시화호가 되고 말지만, 시인이 가고 싶어 하는 곳은 언제나 최초의 물빛, 시원의 푸르름이기에. 시인의 아내들이여, 다음날 조각 한나절을 시퍼렇게 물들이는 시인의 실족을 나무라지만 말고 부디 찬양하시라.

흙

문정희

흙이 가진 것 중에

제일 부러운 것은 그의 이름이다

흙 흙 흙 하고 그를 불러보라

심장 저 깊은 곳으로부터

눈물 냄새가 차오르고

이내 두 눈이 젖어온다

흙은 생명의 태반이며

또한 귀의처인 것을 나는 모른다

다만 그를 사랑한 도공이 밤낮으로

그를 주물러서 달덩이를 낳는 것을 본 일은 있다

또한 그의 가슴에 한 줌의 씨앗을 뿌리면

철 되어 한 가마의 곡식이 돌아오는 것도 보았다

흙의 일이므로

농부는 그것을 기적이라 부르지 않고

겸허하게 농사라고 불렀다

그래도 나는 흙이 가진 것 중에

제일 부러운 것은 그의 이름이다

흙 흙 흙 하고 그를 불러보면

눈물샘 저 깊은 곳으로부터

슬프고 아름다운 목숨의 메아리가 들려온다

하늘이 우물을 파놓고 두레박으로

자신을 퍼 올리는 소리가 들려온다

문정희 1947~
시집으로 『새떼』 『남자를 위하여』 『별이 뜨면 슬픔도 향기롭다』 『사랑의 기쁨』 등이
있다. 현대문학상, 소월시문학상, 정지용문학상 등을 수상했다.

그
이름 속에서
두레박이
딸려온다 :

아이들이 걸음마를 배우고 세계로 나아가 맨 먼저 하는 것은 흙장난
이리라. 생각해보라, 우리는 어려서 모두 흙강아지라 불리지 않았는
가. 흙에는 달의 샘이 숨어 있나보다. 흙을 만지고 놀다가 상처라도
나면 할머니는 자기 손이 약손이라며 흙 한줌을 훌훌 뿌려주곤 했지.
흙 흙 흙 하고 불러보면 그 이름 속에서 말간 달의 눈물로 생명을 씻
겨 내는 두레박이 딸려온다.

손 신달자

자기 손으로 자기 몸을 쓸어내리는 것을

자위행위라고 말합니다만

나의 손은 나의 어머니입니다

내 손이 내 몸의 성감대를 찾아가는 것을

내 손이 내 몸의 흐느끼는 곳을 찾아가는 것을

야릇하게 생각하지 마십시오

오늘도 어머니는

이 세상에 가장 큰 사랑으로

이불을 고르게 덮어 주시고

세수를 시켜 주시고

밥을 떠먹이십니다

앓는 몸의 땀을 닦아 주시고

이제 울지 마라 눈물도 훔쳐 주시고

기운 좀 내라 립스틱 황홀하게 칠해 주시고

내 어머니는

지금도 내 하수인으로

거칠게 낡아 가는 줄도 모르고

내 손은

나에게 가장 가까운 사랑으로

속옷에서 코트까지 차례대로 입혀 주시고

내 아픈 어깨를 쾅쾅 두드려 줍니다

내 손은 내 어머니의 부활입니다.

신달자 1943~
시집으로 『봉헌문자』 『아버지의 빛』 『어머니 그 삐뚤삐뚤한 글씨』 『오래 말하는 사이』
등이 있으며, 장편소설 『물 위를 걷는 여자』 등과 수필집 『백치애인』 『나는 마흔에 생
의 걸음마를 배웠다』 등이 있다. 대한민국문학상, 영랑시문학상, 대산문학상 등을 수
상하였다.

나의
가장 가까운
사랑 :

손은 천하면서 고귀하고 에로틱하면서 성(聖)스럽다. 어느 시인은 아
내의 비유를 빌어 밤에 성기를 만진 손으로 아침밥을 짓는다고 했거
늘, 어머니의 자궁에서 나온 순간 우리의 탯줄은 끊어졌으나 손이 있
어 우리는 세상과 우주적으로, 아주 에로틱하게 다시 연결된 것이다.
내 손은 나의 하수인 같지만 나에게 가장 가까운 사랑이며, 내 어머
니의 부활이다.

검은머리 동백   송찬호

누가 검은머리 동백을 아시는지요

머리 우에 앉은뱅이 박새를 얹고 다니는 동백 말이지요

동백은 한번도 나무에 오르지 않았다지요 거친 땅을 돌아다니며,

떨어져 뒹구는 노래가 되지 못한 새들을

그 자리에 올려놓는 거지요

이따금 파도가 밀려와 붉게 붉게 그를 때리고 가곤 하지요

자신의 가슴이 얼마나 빨갛게 멍들었는지

거울도 안 보고 살아가는 검은머리 동백

송찬호 1959~
시집으로 『흙은 사각형의 기억을 갖고 있다』 『10년 동안의 빈 의자』 『붉은 눈, 동백』
『고양이가 돌아오는 저녁』 등이 있다. 대산문학상, 미당문학상, 김수영문학상, 동서문
학상 등을 수상했다.

타인의
악기가
되어 :

동백은 질 때도 처연하고 결연하게 모가지째 뚝뚝 떨어지지. 1월의
추위에 저 홀로 피어나는 꽃은 어떤 소명의식을 가졌기에 저리도 붉
디붉을까. 아, 앉은뱅이 박새를 머리 위에 올려놓고 거친 땅을 돌아
다니며 노래를 들려주려고 그랬구나. 자신의 가슴이 빨갛게 멍들도록
불우한 타인의 악기가 되어주는 길 위의 선사(禪師), 검은머리 동백.

첨성대　　　정호승

할머님 눈물로 첨성대가 되었다.
일평생 꺼내보던 손거울 깨뜨리고
소나기 오듯 흘리신 할머니 눈물로
밤이면 나는 홀로 첨성대가 되었다.

한 단 한 단 눈물의 화강암이 되었다.
할아버지 대피리 밤새 불던 그믐밤
첨성대 꼭 껴안고 눈을 감은 할머니
수놓던 첨성대의 등잔불이 되었다.

밤마다 할머니도 첨성대 되어
댕기 댕기 꽃댕기 붉은 댕기 흔들며
별 속으로 달아난 순네를 따라
동짓날 흘린 눈물 북극성이 되었다.

싸락눈 같은 별들이 싸락싸락 내려와
첨성대 우물 속에 퐁당퐁당 빠지고

나는 홀로 빙빙 첨성대를 돌면서
첨성대에 떨어지는 별을 주웠다.

별 하나 질 때마다 한 방울 떨어지는
할머니 눈물 속 별들의 언덕 위에
버려진 버선 한 짝 남몰래 흐느끼고
붉은 명주 옷고름도 밤새 울었다.

여우가 아기 무덤 몰래 하나 파먹고
토함산 별을 따라 산을 내려와
첨성대에 던져논 할머니 은비녀에
밤이면 내려앉는 산여우 울음 소리.

첨성대 창문턱을 날마다 넘나드는
동해바다 별 재우는 잔물결 소리.
첨성대 앞 푸른 봄길 보리밭길을
빗쟁이 따라가던 송아지 울음 소리.

빙빙 첨성대를 따라 돌다가
보름달이 첨성대에 내려앉는다.
할아버진 대지팡이 첨성대에 기대놓고
온 마을 석등마다 불을 밝힌다.

할아버지 첫날밤 켠 촛불을 켜고
첨성대 속으로만 산길 가듯 걸어가서
나는 홀로 별을 보는 일관(日官)이 된다.

지게에 별을 지고 머슴은 떠나가고
할머닌 소반에 새벽별 가득 이고
인두로 고이 누빈 베동정 같은
반월성 고갯길을 걸어오신다.

단오날 밤
그네 타고 계림숲을 떠오르면
흰 달빛 모시치마 홀로 선 누님이여.

오늘밤 어머니도 첨성댈 낳고

나는 수놓은 할머니의 첨성대가 되었다.

할머니 눈물의 화강암이 되었다.

정호승 1950~
시집으로 『슬픔이 기쁨에게』 『서울의 예수』 『새벽편지』 등이 있으며 산문집 『소년부처』 등이 있다. 소월시문학상, 동서문학상, 정지용문학상, 편운문학상 등을 수상했다.

꿈이
없으면
사람은
죽고 만다 :

첨성대에 지금처럼 울타리가 쳐져 있지 않고 그 앞으로 채마밭과 우물이 있던 시절. 첨성대가 있는 인왕동 동네 아이들은 심심하면 첨성대에 올라가 놀곤 했다. 겨울날에도 바람 한 점 들어오지 않을 정도로 아늑한 둥지 같은 그 속에서 동네 어른들은 화투를 치기도 하고 젊은 동네 청춘 남녀들은 몰래 사랑을 나누기도 하였다. 아이가 엄마를 부르는 소리에 고운 한복을 입고 들길을 걷던 아낙네가 뒤를 돌아보는 모습 같은 첨성대. 어린 시인은 그 둥지 속에서 별을 보는 일관(日官)의 꿈을 꾸며 시를 다듬어 나갔던 것이다. 꿈이 없으면 사람은 죽고 만다. 늘 샘물처럼 꿈이 흘러넘쳐야 살 수 있다.

육친 肉親   손택수

책장에 침을 묻히는 건 어머니의 오래된 버릇

막 달인 간장 맛이라도 보듯

눌러 찍은 손가락을 혀에 갖다 대고

한참을 머물렀다 천천히

페이지를 넘기곤 하지

세상엔 체액을 활자 위에 묻히지 않곤 넘어갈 수 없는 페

이지가 있다네

혀의 동의 없이는 도무지 읽었다고 할 수 없는 페이지가

있다네

연필심에 침을 묻혀 글을 쓰던 버릇도 버릇이지만

책 앞에서 침이 고이는 건

종이 귀신을 아들로 둔 어머니의 쓸쓸한 버릇

귀신 씨나락 까먹는 소리 같다고

아내도 읽지 않는 내 시집 귀퉁이에

어머니 침이 묻어 있네

어린 날 오도독 오도독 씹은 생선뼈와 함께

내 목구멍을 타고 넘어오던 그 침

페이지 페이지 얼룩이 되어 있네

손택수 1970~
시집으로 『호랑이 발자국』, 『목련 전차』, 『나무의 수사학』 등이 있다. 신동엽창작상, 오늘의젊은예술가상 등을 수상했다.

어머니의
그 쓸쓸한
버릇 :

내 어머니는 자식이 시인이니까 어머니도 시인이 되어야 한다며 내
시집을 늘 머리맡에 두고 읽으셨지. 시인을 자식으로 둔 어머니 마음
은 다 같구나. 막 달인 간장 맛을 보듯 눌러 찍은 손가락을 대고 아들
의 시집 귀퉁이에 침을 묻히시는 어머니. 어머니의 그 쓸쓸한 버릇이
있기에, 시인은 어머니의 체액 같은 언어로 진한 서정시를 쓸 수 있
었구나.

물속엔 꽃의 두근거림이
있다 – 몸시詩38

정진규

기억나지 않지만 물속엔 깨끗한 물속엔 꽃의 두근거림이
있다고 누군가가 말했다 이른 새벽에 봄날 새벽에 안개를 헤
치고 가서 풀밭을 한참 걸어가서 물가에 당도하여서 젖은 발
로 그걸 보고 들었다고!

그는 다시 말했다 햇살이 그의 따뜻한 혀로 이슬들 핥기
시작한 바로 그때쯤, 마침내 물속에서 솟아오른 꽃을 두고
오, 물이 알을 낳았다고!

그러니까 꽃은 알이다 그러니까 물은 자궁(子宮)이다 두근
거림이란 회임한 아내의 배에 귀를 대고 내가 듣던 바로 그
런 소리다 내게도 그런 날이 있었다

상처를 핥아다오, 물속 꽃의 두근거림아!

정진규 1939~
시집으로 『몸시』 『껍질』 『마른 수수깡의 평화』 『들판의 비인 집이로다』 등이 있다. 월
탄문학상, 공초문학상, 만해대상 등을 수상했다.

젖은
발을 쑥
집어넣고 :

때로는 젖은 발이 얼굴이다. 발로 우주를 들여다볼 수 있다. 이것 참, 아내가 회임한 소리까지 들을 수가 있다. 어느 봄날 새벽, 누군가가 풀밭을 한참 걸어가 물가에 당도하여서 수면에 발을 내리고 있다. 마치 얼굴을 수면에 바짝 대고 들여다보듯. 이런 봄엔 물밑에서 들려오는 두근거림에 젖은 발을 쑥 집어넣고 둥글고 환한 꽃 피어나는 소리 듣고 싶구나.

코스모스 조정권

십삼촉보다 어두운 가슴을 안고 사는 이 꽃을

고사모사(高士慕師) 꽃이라 부르기를 청하옵니다.

뜻이 높은 선비는 제 스승을 홀로 사모한다는 뜻이오나

함부로 절하고 엎드리는

다른 무리와 달리, 이 꽃은

제 뜻을 높이되

익으면 익을수록

머리를 수그리는 꽃이옵니다.

눈 감고 사는 이 꽃은

여기저기 모여 피기를 꺼려

저 혼자 한 구석을 찾아

구석을 비로소 구석다운 분위기로 이루게 하는

고사모사 꽃이옵니다.

조정권 1949~
시집으로 『수유리 시편』, 『하늘이불』 『산정묘지』 『튀빙겐 가는 길』 등이 있다. 김수영
문학상, 소월시문학상, 현대문학상 등을 수상했다.

세속적인
것의
장엄함이여 :

시인은 자신을 일컬어 "시의 오존층을 정신에서 기대하고 있는 사람"
이라고 말한 적이 있다. 나는 까마득한 벼랑 꼭대기에 살며 내려가는
길을 부숴버린 삶을 노래하는 그의 시를 사랑한다. 십삼촉보다 어두
운 가슴으로 한 구석에 피어나 구석을 비로소 구석다운 분위기로 이
루는 한 송이 꽃. 이 세속적인 것의 장엄함은 까마득한 벼랑 끝의 위
독한 삶의 경지에 이르고 있다.

나무기저귀 이정록

목수는

대패에서 깎여 나오는

얇은 대팻밥을

나무기저귀라고 부른다

천 겹 만 겹

기저귀를 차고 있는,

나무는 갓난아이인 것이다

좋은 목수는

안쪽 젖은 기저귀까지 벗겨내고

나무아기의 맨살로

집을 짓는다

발가벗은 채

햇살만 입혀도 좋고

연화문살에

때때옷을 입어도 좋아라

목수가

숲에 드는 것은

어린이집에 가는 것이다

이정록 1964~
시집으로 『정말』, 『의자』, 『제비꽃 여인숙』, 『풋사과의 주름살』, 『벌레의 집은 아늑하다』
등이 있다. 김수영문학상, 김달진문학상, 윤동주문학상 등을 수상했다.

사람은
나무에서
왔는지도
모른다 :

나무 속에는 천 겹 만 겹 기저귀를 찬 갓난아기가 울고 있다. 좋은 목수가 대패질을 할 때 나무 안쪽 젖은 울음을 조심스럽게 다루는 까닭을 알 것 같다. 우리가 살고 있는 한 채의 집이 나무아기의 맨살로 지은 것이라면 나무는 하느님이 만든 형상 중에서 가장 소중한 것이겠지. 대지에 허리를 숙이고 어린 묘목을 다독이며 경배를 드리자.

뻘물　송수권

이 질퍽한 뻘 내음 누가 아나요
아카시아 맑은 향이 아니라 밤꽃 흐드러진
페로몬 냄새 그보다는 뭉클한
이 질퍽한 뻘 내음 누가 아나요

아카시아 맑은 향이야
열 몇 살 가슴 두근거리던 때 이야기지만
들찔레 소복이 피어지던 그 언덕에서
나는 비로소 살 냄새를 피우기 시작했어요

여자도 낙지발처럼 앵기는 여자가 좋고
그대가 어쩌고 쿡쿡 찌르는 여자가 좋고
하여튼 뻘물이 튀지 않는 꽹과리 장구 소리보단
땅을 메다치는 징 소리가 좋아요

하늘로는 가지 마……
하늘로는 가지 마……

캄캄하게 저물며 뒤늦게 오는 땅 울음

그 징소리가 좋아요

저물다가 저물다가 하늘로는 못 가고

저승까진 죽어 갔다가

밤길에 쏘내기 맞고 찾아드는 계집처럼

새벽을 알리며 뒤늦게 오는 소리가 좋아요

송수권 1940~
시집으로 『꿈꾸는 섬』 『새야 새야 파랑새야』 『우리들의 땅』 등이 있다. 소월시문학상,
김달진문학상, 정지용문학상 등을 수상했다.

끝끝내
오는
사랑처럼 :

뻘물이 튀지 않는 꽹과리 장구 소리보단 땅을 메다치는 징 소리가 좋다니. 그 징소리가 캄캄하게 저물며 뒤늦게 오는 땅 울음이라니. 다시는 안 올 것처럼 팩 돌아섰다가 밤길에 소나기 맞고 찾아드는 여자라니. 고향이란 그런 것이다. 늙었다고 버리려 하지만 끝끝내 뒤늦게 오는 사랑처럼, 질퍽한 뻘 내음처럼……

눈길   신경림

아편을 사러 밤길을 걷는다

진눈깨비 치는 백리 산길

낮이면 주막 뒷방에 숨어 잠을 자다

지치면 아낙을 불러 육백을 친다

억울하고 어리석게 죽은

빛바랜 주인의 사진 아래서

음탕한 농지거리로 아낙을 웃기면

바람은 뒷산 나뭇가지에 와 엉겨

굶어죽은 소년들의 원귀처럼 우는데

이제 남은 것은 힘없는 두 주먹뿐

수제빗국 한 사발로 배를 채울 때

아낙은 신세타령을 늘어놓고

우리는 미친놈처럼 자꾸 웃음이 나온다

신경림 1935~
1970년대 한국 시단에 충격과 감동으로 다가왔던 『농무』의 시인이다. 그 외의 시집
으로 『새재』 『달 넘세』 『길』 『뿔』 『남한강』 등이 있으며, 산문집 『바람의 풍경』 『한밤중
에 눈을 뜨면』 등이 있다. 만해문학상, 이산문학상, 공초문학상 등을 수상했다.

마음,
움직이다 :

시인이 시를 작파하고 유랑하던 시절, 양귀비를 수집하러 다니는 사람의 길 안내를 하다가 주막집 여인의 사연을 쓴 시이다. 집주인은 남로당이라고 해서 총 맞아 죽고 여자가 혼자 술집을 했다고 한다. 마음이 얼마나 슬픈지 시를 써야겠다는 생각이 들어 일단 속으로 썼다는 시. 얼마나 절절했으면 10년 동안 꺾었던 붓이 마음속에서 저 홀로 움직였을까.

공양 안도현

싸리꽃을 애무하는 산(山)벌의 날갯짓소리 일곱 근

몰래 숨어 퍼뜨리는 칡꽃 향기 육십 평

꽃잎 열기 이틀 전 백도라지 줄기의 슬픈 미동(微動) 두치 반

외딴집 양철지붕을 두드리는 소나비의 오랏줄 칠만구천 발

한 차례 숨죽였다가 다시 우는 매미 울음 서른 되

안도현 1961~
시집으로 『서울로 가는 전봉준』, 『모닥불』, 『바닷가 우체국』, 『아무것도 아닌 것에 대하여』 등이 있으며, 산문집 『외로울 때는 외로워하자』, 『사람』 등이 있다. 소월시문학상, 윤동주문학상, 노작문학상, 이수문학상 등을 수상했다.

그 짧은
순간을 위해 :

꽃 한 송이가 피어나는 데에도 그 꽃을 피우기 위해 자신을 공양하는 존재들이 있다. 싸리꽃을 피우려고 산(山)벌의 날갯짓 소리가 일곱 근이나 들었다니. 반가운 손님처럼 외딴집 양철지붕을 두드리는 소낙비가 그 짧은 순간을 위해 오랏줄 칠만구천 발을 내려뜨렸다니. 우리가 살아가는 것도 예사롭지 않다. 누군가의 공양으로 우리의 삶이 꽃피어나는 것이니.

1년 천양희

작년의 낙엽들 벌써 거름 되었다

내가 나무를 바라보고 있었을 뿐인데

작년의 씨앗들 벌써 꽃 되었다

내가 꽃밭을 바라보고 있었을 뿐인데

후딱, 1년이 지나갔다

돌아서서 나는

고개를 팍, 꺾었다

천양희 1942~
시집으로 『마음의 수수밭』 『오래된 골목』 『너무 많은 입』 등이 있으며, 산문집 『직소
포에 들다』 『시의 숲을 거닐다』 등이 있다. 소월시문학상, 현대문학상, 박두진문학상,
공초문학상 등을 수상했다.

시간이
만들어내는
결 :

1년이란 말 속에는 어떤 나이테가 들어 있는 듯하다. 낙엽이 거름이
되고 그 거름이 씨앗을 틔우고 마침내 꽃과 꽃밭이 된다. 바람도 풀
도 씨앗도 꽃밭도 몸속 어딘가에 나이테를 만들어가는 것이다. 돌아
보면 후딱 1년이 지나가지만 우리의 몸속에는 그 순간이 빚어낸 나이
테가 하나 늘어 있겠지. 당신, 가슴에 손을 대고 1년이란 시간이 만들
어낸 결을 느껴보라.

출전 :

눈물 없는 사랑이 어디 있을까

라이너 마리아 릴케_「서시(序詩)」, 『형상시집』, 민음사, 2001

허수경_「어느 날 애인들은」, 『내 영혼은 오래 되었으나』, 창비, 2001

황동규_「더딘 슬픔」, 『꽃의 고요』, 문학과지성사, 2006

정호승_「내가 사랑하는 사람」, 『내가 사랑하는 사람』, 열림원, 2008

김사인_「조용한 일」, 『가만히 좋아하는』, 창비, 2006

문태준_「문병」, 『그늘의 발달』, 문학과지성사, 2008

한영옥_「날 바라보는 널, 나도 바라본다」, 『비천한 빠름이여』, 문학동네, 2001

박상수_「나무딸기 잼」, 『후르츠 캔디 버스』, 천년의 시작, 2006

이경교_「꽃사태」, 『수상하다 모퉁이』, 미네르바, 2003

이제니_「옥수수 수프를 먹는 아침」, 『아마도 아프리카』, 창비, 2010

김선우_「내 몸속에 잠든 이 누구신가」, 『내 몸속에 잠든 이 누구신가』, 문학과지성사, 2007

김혜순_「당신의 눈물」, 『당신의 첫』, 문학과지성사, 2008

장석남_「그리운 시냇가」, 『새떼들에게로의 망명』, 문학과지성사, 1991

장이지_「명왕성에서 온 이메일」, 『안국동 울음 상점』, 랜덤하우스 코리아, 2007

이윤학_「짝사랑」, 『꽃 막대기와 꽃뱀과 소녀와』, 문학과지성사, 2003

마르셀린 데보르드 발모르_「사아아디의 장미꽃」, 『프랑스 낭만주의 시선(詩選)』 (박이문 편역), 민음사, 1976

정일근_「마디, 푸른 한 마디」, 『기다린다는 것에 대하여』, 문학과지성사, 2009

오, 미친 듯이 살고 싶다

황인숙_「카페 마리안느」, 『리스본 行 야간열차』, 문학과지성사, 2011

황병승_「코코로지(CocoRosie)의 유령」, 『트랙과 들판의 별』, 문학과지성사, 2007

체사레 파베세_「방종」, 『피곤한 노동』(김운찬 옮김), 청담사, 1992

나희덕_「야생사과」, 『야생사과』, 창비, 2009

천상병_「내 집」, 『천상병 전집 詩』, 평민사, 2007

오규원_「칸나」, 『토마토는 붉다 아니 달콤하다』, 문학과지성사, 1999

정현종_「창천(蒼天) 속으로」, 『떨어져도 튀는 공처럼』, 문학과지성사, 2001

김선우_「아욱국」, 『내 몸속에 잠든 이 누구신가』, 문학과지성사, 2007

장옥관_「붉은 꽃」, 『그 겨울 나는 북벽에서 살았다』, 문학동네, 2013

신동엽_「4월(月)은 갈아엎는 달」, 『신동엽전집』, 창비, 1975

이백_「독작(獨酌)」, 『이백시선』(이원섭 역해), 현암사, 2003

폴 엘뤼아르_「사랑하는 여인」, 『이곳에 살기 위하여』(오생근 역), 민음사, 1974

김기택_「빗방울 길 산책」, 『소』, 문학과지성사, 2005

마리나 츠베타예바_「헌시(獻詩)」, 『소련현대시인선집』(김학수·이종진·장실 옮김), 중앙일보사, 1990

삶이란 어둠의 바탕에 돋아나는 별빛 같은 것

함민복_「눈물은 왜 짠가」, 『모든 경계에는 꽃이 핀다』, 창비, 1996

박형준_「빈집」, 『물속까지 잎사귀가 피어 있다』, 창비, 2002

문인수_「저녁이면 가끔」, 『배꼽』, 창비, 2008

이성복_「강」, 『남해금산』, 문학과지성사, 1986

장석남_「송학동 1」, 『지금은 간신히 아무도 그립지 않을 무렵』, 문학과지성사, 1995

김수영_「자장가」, 『사랑의 변주곡』(백낙청 엮음), 창비, 1988

고형렬_「나의 최초의 빛」, 『밤 미시령』, 창비, 2006

김종삼_「둔주곡」, 『김종삼전집』(권명옥 엮음 · 해설), 나남출판, 2005

서정주_「산수유꽃나무에 말한 비밀」, 『미당 시전집 1』, 민음사, 1994

마종기_「물빛 1」, 『보이는 것을 바라는 것은 희망이 아니므로』, 문학과지성사, 2004

백석_「내가 이렇게 외면하고」, 『백석전집』(김재용 엮음), 실천문학사, 1997

허수경_「폐병쟁이 내 사내」, 『슬픔만한 거름이 어디 있으랴』, 실천문학사, 1997

박성우_「해바라기」, 『가뜬한 잠』, 창비, 2007

세사르 바예호_「먼 그대」, 『희망에 대해 말씀드리지요』(고혜선 옮김), 문학과지성사, 1998

이성부_「봄」, 『우리들의 양식』, 민음사, 1974

이문재_「물의 결가부좌」, 『물의 결가부좌』(노작문학상 운영위원회 엮음), 동학사, 2007

내 발자국 밑에서 빛나는 행성

기형도_「겨울. 눈(雪). 나무. 숲」, 『기형도전집』, 문학과지성사, 1999

이원_「발자국은 신발을 닮았다」, 『그들이 지구를 지배했을 때』, 문학과지성사, 1996

맹문재_「운(運)」, 『책이 무거운 이유』, 창비, 2005

박재삼_「질서 한옆에는」, 『꽃은 푸른 빛을 피하고』, 민음사, 1991

이장욱_「소규모 인생 계획」, 『생년월일』, 창비, 2011

두보_「비가(悲歌) 6」, 『두보 시선』(이원섭 옮김), 현암사, 2003

오세영_「목성이나 토성엔」, 『푸른 스커트의 지퍼』, 연인M&B, 2010

월리스 스티븐스_「아이스크림 황제」, 『현대영미시감상 II』(이창배 편저),
동국대학교출판부, 2002

정지용_「춘설(春雪)」, 『정지용전집 1 시』, 민음사, 2005

권벽_「새벽길」, 『하루 한 수 한시 365일』(이병한 엮음), 궁리, 2010

전동균_「북향집」, 『문학의 문학』 2008년 봄호

김선태_「그 섬의 이팝나무」, 『살구꽃이 돌아왔다』, 창비, 2009

김기택_「초록이 세상을 덮는다」, 『소』, 문학과지성사, 2005

둥글고 환한 꽃 피어나는 소리

보리스 파스테르나크_「유명해진다함은」, 『소련현대시인선집』(김학수·이종진·장실 옮김), 중앙일보사, 1990

신광수_「화가 최북에게 그림을 그리게 하고」, 『석북 신광수 시선』(허경진 엮음), 평민사, 1989

최하림_「우리가 당신의 성채인 것처럼」, 『굴참나무 숲에서 아이들이 온다』, 문학과지성사, 1998

김명인_「실족」, 『바다의 아코디언』, 문학과지성사, 2002

문정희_「흙」, 『양귀비꽃 머리에 꽂고』, 민음사, 2004

신달자_「손」, 『열애』, 민음사, 2007

송찬호_「검은머리 동백」, 『붉은 눈 동백』, 문학과지성사, 2000

정호승_「첨성대」, 『슬픔이 기쁨에게』, 창비, 1979

손택수_「육친(肉親)」, 『나무의 수사학』, 실천문학사, 2010

정진규_「물 속엔 꽃의 두근거림이 있다—몸시(詩) 38」, 『몸詩』, 세계사, 1994

조정권_「코스모스」, 『비를 바라보는 일곱 가지 마음의 형태』, 조광출판사, 1997

이정록_「나무기저귀」, 『제비꽃 여인숙』, 민음사, 2001

송수권_「뻘물」, 『시골길 또는 술통』, 종려나무, 2007

신경림_「눈길」, 『농무』, 창비, 1975

안도현_「공양」, 『간절하게 참 철없이』, 창비, 2008

천양희_「1년」, 『너무 많은 입』, 창비, 2005

당신에게
시

초판 1쇄 발행 | 2013년 12월 2일
초판 3쇄 발행 | 2015년 6월 5일

쓰고 엮은이 | 박형준
발행인 | 노승권

편집 | 김영주, 김승규, 박나래
디자인 | 놀이터

사업운영 | 김현오
마케팅기획 | 임현석, 이현우, 정완교, 김도현, 소재범
사업지원 | 차동현, 김보연

임프린트 | 사흘
주소 | 서울시 중구 무교로 32 효령빌딩 11층
전화 | 02-728-0270(마케팅) 02-3789-0254(편집)
팩스 | 02-774-7216

발행처 | (사)한국물가정보
등록 | 1980년 3월 29일
이메일 | booksonwed@gmail.com
홈페이지 | kpibook.co.kr

• 사흘, 책읽는수요일, 라이프맵, 비지니스맵, 생각연구소, 지식갤러리, 피플트리, 고릴라북스,
  스타일북스는 KPI출판그룹의 임프린트입니다.